KB054755

미네르바

미네르바
minerva
| 명운화 지음 |
북포스

1996년 2월 8일, 스위스 다보스에서 전자프론티어재단Electronic Frontier Foundation의 공동설립자 존 페리 발로는 〈사이버스페이스 독립 선언문〉이라는 유명한 글을 발표했다.

"산업세계의 정권들, 너 살덩이와 쇳덩이의 지겨운 괴물아. 나는 마음의 새 고향 사이버스페이스에서 왔노라. 미래의 이름으로 너 과거의 망령에게 명하노니 우리를 건드리지 마라. 너희는 환영받지 못한다. 네게는 우리의 영토를 통치할 권한이 없다."

온라인, 사이버스페이스, 혹은 가상세계라 불리는 이 공간을 한 마디로 규정하기는 어렵다. 가상세계는 혼돈 그 자체이다. 하지만 가상세계에서도 질서가 존재한다. 가상세계에서 존재하는 질서는 현실세계의 그것과는 다르다. 가상세계에서는 누구나 권력자가 될 수 있다. 또 하루아침에 빈털터리가 되거나 아첨꾼이 되기도 하는 변화무쌍한 세계이다. 이 변화무쌍한 카오스적인 세계와 현실세계는 수시로 서로의 영역을 침범하기도 하는데 그때마다 두 세계는 크고 작은 충돌을 일으킨다.

〈사이버스페이스 독립선언문〉의 계기가 된 클린턴 정부의 통신품위법이 그렇고 근래 대한민국에서 일어난 미네르바 사건이 그렇다.

미네르바의 모든 행위와 궤적은 어디까지나 가상세계에 국한된 것이다. 누구보다도 가상세계를 잘 이해하고 있는 미네르바 본인도 그 사실을 잘 알고 있었다. 그것은 가상세계의 본질이며 숙명이다. 그는 가상세계 거주자들로부터 권력을 부여받았지만 현명하게 현실세계에 모습을 드러내지 않았다. 태양 아래에서 안개가 존재할 수 없듯이 가상세계에서의 권력이 결코 현실세계와 이어질 수 없기 때문이다. 때문에 그는 미네르바란 단지 컴퓨터 언어로 만든 아이디에 지나지 않는다라고 고백한 것인지도 모른다. 사실 가상세계에서는 카오스적인 질서 속에 나름대로의 자정능력이 있다. 항상 혼란스럽기만 한 것 같지만 균형을 찾아가는 그 자정능력에 대한 신뢰가 없었다면 가상세계는 일찍이 존재할 수가 없었을 것이다. 하지만 현실세계에서는 그 가상세계의 자정능력을 의심하여 결국 근간의 일이 벌어졌다. 현실세계의 권력자가 가상세계의 권력자를 현실세계로 끄집어내는 판타지 같은 일이 일어났다. 그것은 매우 위험하고 또 불온한 행위이다. 대한민국만을 지칭하는 것이 아닌, 가상세계에 거주하는 모든 영혼, 즉 지구상의 모든 네티즌, 자유라는 우주적인 질서인 가상세계에 대한 도전이기 때문이다. 그리고 또 온라인에서 미네르바를 제거한다고 해서 미네르바가 사라지는 것은 아니다. 가상세계는 복제기능을 가졌다. 미네르바를 복제한 수많은 아이디가 지속적으로 출현하고 또 그가 만든 전설을 잇기 위해 수많은 도전자들이 나타날 것이기 때문이다. 내가, 네가 우리가 모두 미네르바가 될 수 있는 상황이다. 이토록 가상세계는 가공할 힘을 갖고 있다. 현실세계는 결코 가상세계를 지배해서도 안 되고 지배할 수가 없다. 차원이 전혀 다른 세계이기 때문이다.

가상세계의 인격과 현실세계의 인격을 동일시하는 것은 가상세계에 대한 이해 부족 때문이다. 그것은 마치 전생의 잘못을 현생에서 따지는 것과 마찬가지이다.

인간 정신이 낳은 위대한 블로거, 아름다운 영혼을 가진 청년 미네르바의 조속한 자유를 국가가 허락해야 하는 이유가 여기에 있다. 그를 마음의 고향 사이버스페이스로 돌려보내길 간청한다.

그리고 소설의 기본적인 본질은 픽션이다. 사실과 픽션을 혼동하지 말았으면 한다. 세월이 수상해서 하는 말이다.

2009년
명운하

▶▶▶차례

나는 미네르바라는 아이디를 가진 정보량 2진수의 01001011의 단순 데이터일 뿐이다.

미네르바

# 음모

•

도쿄역 신마누노우치 빌딩 10층 히타치 도시바 종합상사 회장실은 외부의 소음과 완전히 차단되어 있었다. 마치 선방처럼 적막감이 떠돌았다. 하지만 회장실 분위기는 팽팽한 긴장감과 함께 어떤 열기가 감돌고 있었다.

가운뎃자리에는 이노우에 가오루와 재무성 차관이 앉아 있었고, 그 왼쪽에는 히타치 도시바 종합상사 회장인 다나카 고이치가, 오른쪽에는 미시마 츠요시가 앉아 있었다.

미시마 츠요시는 잠자코 두 사람의 이야기를 듣고만 있었다. 회장과 재무성 차관의 이야기는 끊이지 않고 계속 이어지고 있었다.

그들이 이야기를 마칠 때까지 미시마 츠요시는 잠자코 두 사람의 대화를 듣고만 있을 작정이었다. 두 사람의 이야기는 미시마 츠요시에게 이번 프로젝트를 수행하기 위한 일종의 브리핑이기도 했다.

차관은 의미 모를 잔잔한 미소를 띠며 계속 이야기를 진행했다.

"중동 여러 나라와 이스라엘 간에 4차 중동전쟁이 발생했을 때 우리 일본은 큰 실수를 저지를 뻔했습니다. 중동의 석유를 얻기 위해서 이스라엘과 국교를 단절하려고 했던 일 말입니다."

이노우에 회장은 동감한다는 듯 고개를 끄덕거렸다. 그의 얼굴은 약간 상기되어 있었다. 그의 목소리는 톤이 깊고 굵었다.

"그 당시 우리나라 일본은 세계 정세에 너무 어두웠습니다. 반성해야 할 점입니다."

"만일 그때 일본이 이스라엘과 국교를 단절했다면……. 그 뒤는 상상에 맡기겠습니다."

다시 차관이 회장의 말을 이었다.

"우리는 그들을 너무 과소평가했던 것입니다."

"그랬죠."

이노우에 회장이 두툼한 목을 끄덕일 때마다 그의 상체가 덩달아 흔들거렸다.

"팔십 년대 중반에 강타한 엔고 쇼크도 결국 그들이 기획한 것이라는 말이 있던데요?"

재무차관은 지그시 회장을 바라보았다. 그는 여전히 미소를 지으며 회장의 질문에 대답했다.

“팔십 년대 중반, 정확하게 1985년 봄에 달러당 260엔 하던 것이 이듬해 봄에는 174엔으로 엔화 가치가 형편없이 떨어졌지요. 그 덕분에 우리나라는 10조 엔을 잃어버리는 아픔을 겪었습니다.”

“10조 엔이었습니까?”

“반년 만에 정확히 10조 엔을 날려버렸습니다.”

회장의 물음에 재무차관이 자르듯 말했다.

당시 일본의 생명보험회사 같은 거대 기관투자회사들은 미국의 고금리의 유혹에 못 이겨 미국 채권에 막대한 자금을 쏟아 부었다. 회사당 보통 7000~8000억 엔의 막대한 자본을 미국 채권에 투자했던 것이다. 그런데 갑자기 달러당 엔고 현상이 일어나면서 20일 동안에 무려 4조 엔이 연기처럼 사라지는 결과가 나타났고, 6개월 만에 10조 엔이라는 투자 손실을 봤다.

“그런데 문제는 이것을 그들이 기획했다는 것입니다. 이제 와서 알게 된 사실이지만 그들은 철저히 우리를 이용하고 있었던 것입니다.”

“한데 차관님, 세계 여러 나라 중에서 하필 왜 우리였을까요?”

전후 일본을 부흥시킨 것은 예기치 않은 방문객들 때문이었다. 그들이 방문하기 전까지 일본은 미국 B29에 의해 철저히 파괴되어 있었다. 공장을 세울 수도 없을 지경으로 폐허가 된 나라에 그들이 나타났다. 그들이 그때부터 의도적으로 일본 경제에 개입한 것이다.

“당시 일본은 완전히 파괴된 상태였습니다. 완전히 파괴가 되었다는 말은 다시 말해서 새로운 질서를 수립하기 위한 좋은 기회였다는 것입니다. 게다가 미군정이라는 새로운 정치체제가 들어서면서 일본은 그들의 입맛대로 설계하기 좋은 여건이 된 거지요. 한번 생각해 보십시오. 독일은 패전 후 동서독으로 나뉘었습니다. 일본의 식민지였던 한국마저 남북으로 갈랐습니다. 한데 일본은 이상하리만치 온전했습니다. 기껏해야 몇몇 전범을 처형시킨 것이 전부였습니다. 하지만 이후로 일본의 정신은 사라져버렸습니다. 진짜 일본은 철저하게 사라지고 껍데기 일본만 남았습니다. 본래 그들이 노린 것은 일본을 그들의 하청공장으로, 말하자면 세계의 공장으로 만들려는 것이었고 또 그 기획은 아시다시피 보기 좋게 성공했습니다. 그들은 미국뿐만 아니라 세계의 유통기구를 장악한 막강한 조직력과 자본력을 이용해 일본이 생산한 제품들을 세계 곳곳에 팔아치워 버렸습니다. 물론 생산자인 일본에도 어느 정도 이익이 돌아왔지만 유통망을 장악한 그들이 가져간 돈은 일본의 이익에 비할 바가 아니지요. 오늘날 그들 세력이 이처럼 커진 것도 일본의 희생을 바탕으로 했다고 봐야지요."

"무서운 매트릭스에 일본 국민이 속아 넘어간 거로군요."

"그것은 아무것도 아닙니다. 실제로 알고 보면 소름 돋칠 일이 한둘이 아니지요."

"또 뭐가 있습니까?"

차관은 잠깐 곰곰 생각하는 듯하다가 입을 열었다. 어느덧 그의 얼굴에서 미소는 사라지고 침통한 표정만 남아 있었다.

"짐바브웨 사태를 잘 아시지요?"

차관은 짐바브웨를 예로 들었다. 짐바브웨는 아프리카 신생국가들 중에서도 모범적인 나라였다. 하지만 2005년부터 갑자기 곡물가가 폭락하면서 국가 근간산업인 담배와 농업이 몰락하자 국가경제가 무너져 지금은 연 물가상승률이 수백만 퍼센트에 이르는 나라가 되어버렸다. 국가경제가 완전히 파산되었다는 이야기다.

"짐바브웨를 파산시킨 것 역시 국제자본입니다. 세계 5대 메이저 곡물상이 짐바브웨 농업경제에 개입하면서 짐바브웨라는 나라가 순식간에 무너져 내린 거지요."

"세계 5대 메이저 곡물상이라면 그들을 말하는군요."

회장은 차관을 바라보며 덧붙였다. 차관은 회장의 시선과 마주치자 고개를 끄덕였다.

"그렇습니다."

"한데, 그들이 왜 짐바브웨를 몰락시켰을까요?"

"복잡한 이유가 있습니다만, 한마디로 말해서 그들은 아프리카가 현대화되기를 바라지 않습니다. 그랬다간 자신들을 포함한 지구적인 종말을 보게 될 테니까요. 그걸 알기에 시나리오를 짠 것입니다."

"그 시나리오에 대해 좀 더 알고 싶군요."

회장이 정말 그 사실을 모르고 있는 것인지, 혹은 자신에게 좀 더 정확한 정보를 주기 위해 일부러 묻는 것인지 미시마 츠요시로선 판단이 서지가 않았다. 미시마 츠요시는 그저 잠자코 듣고 있을 수밖에 없었다.

"중국을 보면 잘 알 것입니다. 중국은 현대화되면서 세계자원을 진공청소기처럼 빨아들이고 있습니다. 만일 자원의 보고인 아프리카마저 중국처럼 현대화되었다간 어떤 결과가 초래되겠습니까. 아프리카는 자국 자원을 무기화할 것이고 현대화 과정에서 엄청난 자원을 소비하게 될 것입니다. 순식간에 지구 자원은 바닥을 드러내고 말겠죠. 통계에 의하면 전 세계 인류가 미국과 같은 풍요로운 생활을 누리기 위해서는 지구가 일곱 개 정도 필요합니다. 그만큼의 지구적 부존자원이 필요하다는 이야기지요. 하지만 지금은 지구가 단 한 개뿐입니다. 무조건적인 경제 발전은 오히려 재앙이 됩니다. 관리가 필요한 시점이죠. 관리자 역할을 하는 것이 바로 그들입니다. 사실상 미국의 정치나 경제 할 것 없이 모두 그들의 손아귀에 넘어가 있습니다. 그들이야말로 세계정부의 우두머리지요."

이노우에 회장은 연신 고개를 끄덕거렸다. 강한 동감의 표시였다.

"우리는 우리의 의지를 관철하기 위해서도 그들에게 우리의 의사를 다시 한 번 확인시킬 필요가 있습니다. 그들의 묵인이 없으면 '노란토끼' 작전은 불가능합니다. 이젠 그들도 우리의 제의를 무시할 수는 없을 겁니다."

이노우에 가오루와는 말을 마치고 어떠냐는 듯 호기로운 얼굴로 슬쩍 미시마 츠요시를 바라보았다. 미시마 츠요시를 바라보는 그의 얼굴에 만족스러운 미소가 떠올랐다.

"자네의 힘이 필요한 때일세."

"잘 알고 있습니다."

미시마 츠요시는 명문가의 장남답게 절도 있고 예의 바르게 대답했다. 그리고 그의 대답에는 충정 어린 진심이 깃들어 있었다.

▶▶▶

작은 창문은 밖으로 반쯤 젖혀 있었다. 래호는 창문 밖을 바라보았다. 여전히 서울 날씨는 흐려 있었다. 당장이라도 비가 쏟아질 것처럼 검은 구름이 끊임없이 서쪽에서 넘어오고 있었다.

허리를 숙이고 바깥 날씨를 살피던 래호는 자신의 모습이 수감자 같다고 생각했다. 정말 너무 오랫동안 수감이 되어 있었고 그 생활은 어쩐지 생애 내내 끝날 것 같지 않았다.

그때 문에서 노크 소리가 들려왔다. 곧 문이 열리고 열린 문틈 사이로 앳된 여자의 얼굴이 나타났다. 여자는 커다란 눈동자를 굴리며 사무실 안을 살폈다. 그러다 곧 래호를 발견하곤 어, 하는 표정이 되었다가 방긋 웃어 보였다.

"저, 여기가 다산경제연구소 맞나요?"

"그렇습니다."

"어제, 전화드렸던 이코노믹스 코리아 기자입니다."

여자는 꾸벅 인사를 하곤 작고 까만 어깨가방을 뒤적거리더니 자신의 명함을 건넨다. 귀여운 여기자 사진이 그대로 근사하게 박혀 있었다.

래호는 명함을 훑어보며 고개를 끄덕였다. 인사를 마치고 나서 래호는 작은 의자를 가리켰다. 여기자는 의자에 앉아 사무실 안을 두리

번거렸다. 뽀얀 얼굴을 가진 상큼한 아가씨였다.

"뭣 좀 드시겠소?"

"아, 아뇨."

여자는 한사코 고개를 흔든다. 그래도 손님이 왔는데 가만있을 수가 없다고 래호는 창문 아래에 마련된 작은 테이블 위에 소꿉처럼 놓인 컵에 포트의 뜨거운 물을 붓고 커피를 말아 여자에게 건넸다.

"고맙습니다."

여자는 호호, 불어대며 커피를 마셨다. 뜨거운 커피 때문인지 여자의 양 볼이 금방 빨갛게 달아올랐다. 그러곤 자신이 왜 왔는지 비로소 생각이 난 듯 부산스럽게 가방을 뒤져 취재수첩과 필기구를 집어들었다.

"여기 찾는 데 어렵지는 않았어요?"

래호는 한껏 다정한 목소리로 물었다. 여자는 취재수첩을 넘기다 말고 래호를 바라보았다.

"선생님이 일러주신 대로 사당역에서 내려 8번 출구 쪽으로 쭉 걸어왔어요."

하고 웃자 여자의 볼에 꽃이 핀다. 깊게 패는 보조개였다.

"엘리베이터가 없어서 올라오는 데 힘드셨죠?"

"네, 조금."

여자는 손등을 싹싹 비비곤 준비해 온 메모를 흘깃 바라보고 또 래호를 바라보았다.

"지금 인터뷰를 해도 될까요?"

"하시구려."

"네, 그럼."

여자는 자신의 메모를 잠깐 동안 들여다보았다. 뭔가 취사선택을 하려는 듯 어디서부터 시작할까 망설이는 태도다. 마침내 여자가 고개를 쳐들고 래호를 바라보았다.

"요즘 경기가 좋지 않아 전반적으로 경제에 대해 비관론이 득세하는데 전문가이신 선생님은 과연 우리나라의 현 경제를 어떻게 진단하시는지요?"

제법 야무진 질문이었다. 래호는 으레 그러는 것처럼 두어 번 고개를 끄덕였다.

"경기가 좋지 않지요. 무엇보다 물가 움직임이 심상치 않아 서민들이 불안해하고 있어요. 수출량은 줄어들고 내년 경제성장률이 2퍼센트에 불과할 거라는 경제부총리의 언급도 있었으니까요."

래호는 요즘 경제상황이 얼마나 좋지 않은지 구체적인 통계와 수치를 들이대며 여자에게 설명해 줬다. 경제연구소까지 운영하는 경제 전문가가 적어도 '경제가 좋지 않다' 라고 막연하게 설명해서는 곤란하다. 구체적인 수치를 가지고 설득력 있게 설명을 하는 것이 그의 의무였다. 래호는 마치 암기라도 한 것처럼 여자에게 설명을 해줬다.

여자는 바쁘게 적어댔다. 래호는 받아 적기 수월하도록 가능한 쉽게, 그리고 또박또박 이야기를 전해 줬다.

"요즘 인터넷에 유명한 논객이 등장해서 많은 사람들의 주목을 받고 있는데요. 선생님은 그 사람의 경제 전망을 어떻게 생각하시는지요. 그 사람은 우리나라의 경제를 아주 어둡게 보고 있어요."

"지금 모든 경제지표가 좋지 않은 방향을 가리키고 있습니다. 주가지수 역시 미래의 경제상황을 상당 부분 반영하기 때문에 주가가 떨어지는 것은 당연하다고 봐야겠습니다. 하지만 그 유명하다는 인터넷 논객처럼 익명으로 대중들의 불안 심리를 조장하는 것은 좋지 않다고 봅니다. 경제란 인간의 심리에 영향을 받는 유기체이기 때문에 비관론이 득세하는 것은 좋지 않습니다. 우리 국민은 이번의 경제위기도 극복할 저력이 있고 국가 또한 최선을 다하고 있는 중입니다. 공포감을 조장할 만큼 상황이 그리 나쁘지도 않고요."

여자는 고개를 연신 끄덕이면서 메모를 해나갔다. 나름대로 진지한 모습이었다.

"사람들은 인터넷 논객이 모습을 드러내지 않는 이유에 대해 몹시 궁금해하고 있어요. 어떻게 보면 국민적인 스타인데 굳이 모습을 감추고 있을 필요가 있을까요?"

"그야, 대중 앞에 모습을 드러내고 싶지 않아서겠죠. 뭐 외모에 자신감이 없다든가 하는……."

여자는 의외의 농담에 펜 든 손으로 입을 가리며 웃어댔다. 그 모습이 영락없는 소녀 같았다. 그 모습을 보는 래호에게 누군가의 얼굴이 겹쳐졌다. 전혀 다른 생김새였지만 갑자기 터트리는 웃음 따위는 비슷하기도 했다.

"선생님은 그 사람의 정체에 대해서 조그만 텁을 주실 수 있지 않을까요?"

"텁이요?"

"힌트 말입니다."

"힌트라? 내가 그 사람을 알고 있다고 해도 모른 척했을 거예요. 본인이 익명을 고집한다면 익명을 고집하는 이유가 있을 테니까요. 우리가 정체를 밝힐 필요가 있을까요? 굳이 정체를 밝힌다는 것은 비유가 될는지 모르겠지만 링 위에 올라가 있는 복면 쓴 레슬러의 가면을 억지로 벗기는 것과 같다고 생각해요."

그럭저럭 인터뷰가 끝났다. 여기자는 고맙다고 몇 번씩 일본 여자처럼 허리를 굽히며 반복해서 사례를 했다. 순진해 보이는 그 모습에 래호는 웃음이 나왔다.

여기자가 돌아간 후, 래호는 커피를 한 잔 더 마셨다. 여자 때문에 잠시 밝아졌던 사무실 분위기가 다시 원래의 색깔로 되돌아갔다. 여전히 창문 밖에서 넘실대는 음울한 구름이 사무실 분위기와 어울린다. 그 잿빛 공기는 사무실뿐만 아니라 길을 걷는 사람들 모두를 어둠처럼 감싸 안았다.

래호는 자리로 돌아가 "프로테스탄트의 윤리와 자본주의"라는 제목의 책을 펼친다. 하지만 활자가 거의 눈에 들어오지 않았다. 인터뷰 증후군이라고 해야 하나? 몇 달에 한 번 들어올까 말까 하는 인터뷰지만 그래도 인터뷰를 하고 난 뒤에는 왠지 모를 복잡한 심정이 되곤 했다. 더욱이 이번에는 그 여기자의 모습에서 자꾸 누군가의 모습이 떠오르는 듯했다. 누굴까 했는데 민하였다. 민하. 정말 오래간만에 떠올리는 이름이다.

▶▶▶

아이의 이름은 민하였다. 래호가 그 아이를 만난 건 21년 전이다. 민하는 여덟 살 철부지 소녀였다.

그때 래호는 군대를 막 제대한 스물다섯, 청년이었다. 래호는 얼마 동안 짬을 내어 동네 마을회관에서 아이들을 가르쳤다. 야학이라고도 할 수 없을 정도로 허술한 형식으로 심심풀이삼아 마을회관 구석방에서 저녁마다 아이들을 가르쳤던 것이다. 도시와는 달리 학원을 가지 못하는 아이들이 안쓰러웠기 때문이다. 언니를 따라 때 묻은 손으로 이끌려 오던 아이가 그녀였다. 첫눈에 야무지게 보이던 그 아이는 언니들과 함께 책을 읽고 공부를 했다. 머리도 좋은 데다가 집중력도 좋아 잘 다듬으면 좋은 재목이 될 것 같은 아이였다.

한데 아이는 말수가 적었다. 일부러 장난을 걸어보기도 하고 얼러대기도 했지만 다른 아이들처럼 붙임성 있게 다가오지를 못했다. 아마 내성적인 아이라 그러는가 보다 했다.

그 후 타지에 올라와 이곳저곳 방황을 하던 시절, 래호는 고향 여주 능현리에 가는 일이 아득한 꿈만 같았다. 꿈이 현실이 되듯 어쩌다가 고향에 들르곤 하면 소녀는 부쩍부쩍 자라나 있었다. 공부를 무척 잘한다는 이야기도 들렸다. 읍내뿐만 아니라 시내에서도 소문이 자자할 정도라고 했다. 고등학교에 다닐 때도 그녀를 래호는 몇 번 본 것 같았다.

그녀를 마지막으로 본 게 1999년 12월 30일 세밑이었다. 그날따라 눈이 펑펑 쏟아져 버스가 일찍 끊겨버렸다. 읍내에서 마을로 버스가 들어가자면 하레고개를 넘어야 했는데, 너무 험해서 눈이 조금만 와도 버스가 고개를 넘지 못했다. 제설차가 와야 길을 뚫을 수가 있었지만 조그만 시골 마을에 제설차가 올 리 만무했다. 어쩔 수 없이 두 발로 엉금엉금 기다시피 고개를 넘어야 했다. 이럴 때면 마을 사람들은 의당 그래야 하는 것처럼 읍내 다방 처마 밑에 모였다가 둘씩, 셋씩 짝을 지어 고개를 넘었다.

오랜만에 낙향하여 읍내에 도착한 래호는 난감했다. 버스는 끊기고 고개는 넘어야겠는데 날은 어둑해져 가고 있었다. 이미 읍내에 나왔던 사람들은 모두 고개를 넘어 돌아갔는지 아무도 보이지 않았다. 혼자라도 고개를 넘을까 하고 다방 처마 밑으로 다가갔는데 거기에 그 아이가 있었다. 일요일인데도 민하는 교복에다가 책가방을 들고 있었다. 읍내에 있는 작은 도서관에서 공부를 하다가 버스를 놓친 모양이었다.

"어, 네가 웬일이니?"

래호는 마치 어제 본 아이인 것처럼 친근하게 말을 걸었다. 어느새 처녀티가 나는 아이는 래호가 말을 걸자 부끄러워했다. 그래도 금방 래호를 알아보았다.

"아…… 안녕하세요, 선생님."

민하는 아직도 래호를 선생님이라고 부르고 있었다. 하긴 열일곱 살 차이가 나는 그에게 선생님 이외에 딱히 부를 만한 말도 없었다. 하지만 마을에서 아이들을 가르친 게 벌써 까마득히 오래전 일인데 아직도 아이는 그때의 기억을 간직하고 있었다.

래호는 민하에게 저녁을 먹었느냐고 물었다. 민하는 대답을 않고 웃기만 했다. 저녁을 먹었을 리 없었다. 해가 일찍 떨어지는 산골의 오후는 어중간한 것이었다.

래호는 민하를 데리고 가까운 음식점으로 갔다. 험준한 고개를 넘자면 족히 한 시간은 걸릴 테고 추운 날씨를 견디자면 속이 뜨듯해야 했다. 말이 고개지 산 하나를 넘는 것과 마찬가지였다. 옛날에는 산적과 호랑이가 출몰해서 장정이 열 명 이상 모이지 않으면 넘어가지 못했다고 했다. 곧 해가 떨어질 테고 민하도 어차피 래호가 없으면 고개 넘기는 엄두도 안 나는 일이라 래호를 따라갈 수밖에 없던 터였다. 하지만 시골의 눈은 무서운 것이다. 다 큰 처녀애가 남자와 읍내를 활보하다가는 입에 오르내리기 십상이었다. 그러나 결국 민하는 래호와 함께 버스 정류장 앞에 있는 분식집으로 들어갔다.

시골의 분식집은 한산했다. 신문을 보는 중년남자와 도시에서 흘러 들어온 듯한 서른 살쯤 되는 여자가 식사를 하고 있었다.

민하는 만두를 먹고 래호는 칼국수를 먹었다. 길게 두 갈래로 땋아 늘어뜨린 검은 머리에 하얀 칼라로 받친 민하의 얼굴은 청초한

눈꽃 같은 것이어서 오물거리며 만두를 먹는 모습이 더없이 고와 보였다. 코흘리개 아이를 그토록 가꾸어놓은 세월의 조화가 경이스러울 따름이었다. 그러고 보니 아이의 차림새가 날씨에 맞지 않게 초라했다. 때는 한겨울인데 차림새는 늦가을에 머물러 있었다.

"추운데 어쩌자고 외투를 안 걸쳤니?"

"괜찮은데요. 뭘."

괜찮을 리가 없었다. 바깥은 영하의 날씨였다. 게다가 찬바람이 솔솔 불고 있었다. 십 분만 서 있어도 귓불이 빨갛게 여무는 날씨를 괜찮다고 하는 아이가 이상스럽게 보였다.

아이는 여전히 가난했다. 눈부시게 말쑥하게 자랐지만 산골 마을의 가난은 여지없이 아이에게서 외투를 앗아갔다.

"하긴 여자들은 추위를 덜 탄다니까."

"왜요?"

"남자보다 피하지방이 발달되어 있다잖아."

"그래도 추운 건 추운 거예요."

"돼지가 추운가?"

"그럼 내가 돼지인가요? 이래봬도 날씬한 편이에요."

키가 커서 날씬해 보였지만 민하는 사실 오동통한 편이었다. 날씬하지 않다고 하면 아이가 먹던 만두마저 뱉어버릴까 봐 래호는 그렇다고 맞장구쳐 줬다. 아이는 농담 몇 마디에 훈훈해졌는지 금세 얼굴이 발그스름하게 달아올랐다.

민하는 음식점 안을 조심스레 살폈다. 누군가 지켜보는 눈이 있지 않을까 해서였다. 신문을 뒤적거리는 중년사내도, 식사를 하다가 말고 거울을 보며 화장을 고치는 여자도, 주방에서 달그락거리는 주인 여자도 모두 이쪽에는 관심이 없었다. 소녀의 은밀한 부끄러움이 그저 여자를 달아오르게 만든 것이 아닐까 넘겨짚을 뿐이었다.

한데 아이의 코 밑에서 맑은 물이 조금 내비치는 것이었다. 래호는 얼른 휴지를 뜯어 민하에게 건넸다.

"코 흘리는 것은 여전하구나."

민하는 얼굴이 빨개져서 받아든 휴지로 고개를 돌리고 흥, 하고 코를 풀었다. 뜻밖에 큰 소리가 식당 안을 울렸다.

"비염이 있어서 그래요."

하고는 민하는 토라진 아이처럼 굴었다. 코끝이 빨갰다.

"어렸을 때도 비염이 있어서 코를 흘렸구나."

"몰라요."

민하는 화가 난 듯 냉큼 만두를 집어 입에 넣어버렸다. 딴엔 말을 않겠다는 표현인 것이다. 새침하게 토라진 그 모습이 귀엽기도 하고 예쁘기도 했다. 그러다가 체한다며 계란국하고 천천히 먹으라고 래호는 채근을 했다.

산골 마을은 어두웠다. 특히 겨울은 어두웠다. 해가 떠오르기 전까지 어둠은 산그늘과 마찬가지로 쉽게 사라지지 않았다. 어슴푸레한 어둠 속에서 낡은 집으로 꾸려진 골목 사이를 아침마다 흰 칼라의 소녀들과 제복의 소년들이 빠져나왔다. 그 모습은 생경했다. 래호 또한 그 모습 그대로 자랐지만 어쩜 도시에 익숙한 생활을 하다가 그 풍경을 보자면 가난한 시골 마을에서 아이들이 어떻게 탄생하는지 그 비밀을 알 수 있는 것처럼 느껴졌다. 아이도 어른도 가난을 이겨내기 위해 안간힘을 쓰던 것이 당시 대한민국의 모습이었다. 영문도 모르고 목적도 모르고 숙명과도 같은 가난을 벗어던져야 한다는 것이 지상과제였던 시절이 이 나라에는 있었다.

대부분의 산골 아이들은 학교에서 집으로 돌아오면 집안일 거드는 것이 일상사였다. 대부분 농사일이었다. 논과 밭에서 부모를 도와 일을 하는 것이 아이들의 여가였다. 품삯을 주고 사람을 고용하기는 어려운 일이라 아이의 일손 하나도 아쉬운 판이었다. 그래서 아이들은 철이 들 무렵부터 여자 남자 할 것 없이 얼굴이 햇볕에 그을려 까맸고 손에도 상처가 아문 자국이 군데군데 나 있었다.

하지만 민하는 예외였다. 워낙 공부를 잘하다 보니까 어려운 집안 형편에도 불구하고 집에서는 최소한 아이에게 농사일을 시키지는 않는 것 같았다. 아이는 도시 아이처럼 얼굴이 하얗고 말끔했다. 하지만 아이의 가운뎃손가락에 흉터가 보였다.

"손가락에 웬 흉터니?"

"낫으로 벤 거예요."

처녀애한테 별걸 다 묻는다 싶어 아이는 샐쭉하게 대답했다. 어려서부터 부끄러움이 많은 아이였다.

"너도 농사일 하니?"

시골 아이에게 농사일을 하느냐고 묻는 것은 식상한 질문이었다. 농부에게 농사를 짓느냐고 묻는 것과 똑같다.

"가을엔 어쩔 수 없어요. 가을 일은 번갯불에 콩 볶듯이 해치워야 하거든요."

래호는 하하 하고 소리 내어 웃었다. 아이의 말투가 어딘지 어른스러워 보였기 때문이었다. 그게 되레 자신을 흉보는 줄 알고 민하는 입술을 내밀었다.

"선생님도 벼 베러 다녔으면서 뭘 그러세요."

"하긴 그랬지. 하지만 나는 그때 가을 일이 번갯불에 콩 볶듯이 해치우는 일인지 몰랐지. 그냥 어른들이 시키니까 했을 뿐이야."

민하는 만두를 먹다 말고 흉터가 새겨진 손가락을 지우듯 문지르고 있었다.

# 군고구마 파는 노인

●

래호는 다시 일어나 창가로 다가갔다. 먼지 낀 창문에 어슴푸레 비친 사내의 모습이 눈에 들어온다. 그때의 청년은 간곳없고 순식간에 세월이 흘러버렸다. 40대 중반이 60대처럼 보인다. 늙은 사내는 어딘지 슬퍼 보인다. 전혀 익숙지가 않은 낯선 모습이었다.

돌연 래호는 그에게 묻는다. 너는 누구인가? 그러자 어슴푸레한 그림자는 천천히 고개를 들고 래호를 바라본다. 그리고 오히려 래호에게 묻는다. 너는—너는 누구인가? 01001011인가, 래호인가, 도대체 너는 누구인가.

래호는 사당동 연구소와 자신의 주거지인 신림동 아파트를 시계

추처럼 오갔다. 그의 일상은 빈틈없이 정확했다. 아파트 관리인은 래호가 나설 때 관리사무소에 있는 벽시계를 바라보고 시간을 확인할 정도였다.

래호는 하루 종일 연구소에서 보낸 뒤 일곱 시 무렵 퇴근을 했다. 퇴근시간은 출근시간만큼 정확하진 않았지만 대부분 일정했다. 특별히 갈 곳이 있는 경우를 제외하곤 집으로 갔다. 퇴근길에는 근처 미니 홈플러스에 들러 저녁 찬거리와 빵, 그리고 생활에 필요한 물건과 식료품을 사곤 했다. 래호는 빵을 좋아했다. 그는 아파트 인근 제과점에서 직접 만드는 빵을 주로 샀는데, 그 빵이 입에 맞기도 했지만 근처에 딱히 다른 빵집이 없기 때문이기도 했다. 제과점에서는 일정액 이상의 빵을 사면 콜라 한 병을 서비스로 주었다. 피자 한 판을 주문하면 서비스로 콜라를 주듯이. 그런데 래호는 콜라보다도 함께 건네는 빨대가 더 마음에 들었다. TV를 보면서 소주를 빨대에 꽂고 마시면 꽤 근사했다. 소주에 콜라 빨대는 잘 어울렸다.

래호는 소주를 한 병 이상 구입하지 않는다. 술을 집에 쌓아두면 계속 마시기 때문이다.

그는 대부분 혼자 술을 마셨지만 가끔 아파트 독서회 회원들과 마시기도 했다.

아파트 독서회 회원들은 거의 중년들이었다. 요즘 젊은이들은 책을 읽지 않았다. 활자문화가 점점 사라지고 있었다. 때문에 책에 대한 향수를 지니고 있는 사람들끼리 모여 책을 주제로 담소를 나누고자 만든 것이 독서클럽이었다. 독서클럽을 제안한 것은 다름 아닌 래호였다.

어느 날 문득 독서클럽을 하나 만들어볼까 하는 생각이 들었고, 아파트 게시판에 회원 모집 메모를 남겼는데 다섯 명이나 되는 사람들이 전화를 해왔다.

하지만 독서클럽은 책읽기나 토론보다도 친목회처럼 성격이 변했다. 그러다 보니까 술 마실 거리가 생기면 서로 연락을 해서 모이곤 했다. 래호 외에 남자가 한 명 더 있었고 나머지 넷은 4,50대 중년여성들이었다.

그래도 정기적으로 모일 땐 각자 읽은 책을 들고 와서 토론회를 하곤 했다. 회원들이 선호하는 것은 소설이었다. 특히 여자들은 로맨스 소설을 즐겨 읽었다.

래호는 이들에게 자신의 독서 역량을 과시하고픈 마음은 없었다. 그러나 끝까지 속일 수는 없었다. 래호가 경제학에 조예가 있다는 것을 눈치 챈 독서회 회원들은 래호에게 주식에 관해 물어오곤 했다. 노골적으로 어느 주식을 사야 돈을 벌겠느냐고 묻는 사람도 있었다. 하지만 래호는 한 번도 주식 종목을 추천한 적이 없었다. 그렇다고 래호 자신이 주식투자를 하지 않는 것은 아니었다. 하지만 자신의 포트폴리오마저 그들에게 알려주지 않았다. 아무리 좋은 주식이라도 매도시점이 중요한 것이다. 매도시점을 놓치게 되면 좋은 주식이 순식간에 나쁜 주식이 되어버린다는 것을 잘 알고 있기 때문이다. 아무튼 주식에 관해서는 입을 다무는 것이 가장 좋다는 것을 래호는 경험적으로 잘 알고 있었다. 그들을 설득하기 위해서 래호는 '경제와 주식은 다르다' 고 강조했다. 주식은 실물경제의 일부분이지만 좀 더 광의의 의미를 지닌 경제학은 학문의 영역이었다. 실생활에 커다란 영향을 미치고 그 운용 방법에 따라서는 국가의 명운이 좌우되는 학문이었던 것이다.

경제라는 학문이 얼마나 중요한 것인지, 그것이 국가경제정책에 접목되었을 때 어떤 결과가 나타나는지 누구보다도 래호 자신이 경험적으로 잘 알고 있었다.

래호는 퇴근길에 종종 아파트 입구에서 군고구마 파는 노인을 만났다. 최씨 성을 가진 노인이었다. 아파트 뒷동네 다세대촌에 사는 그는 겨울이면 아파트 입구 쪽 횡단보도에서 군고구마를 팔곤 했다. 관리실에서 막는 바람에 아파트 안으로는 들어올 수가 없었다. 그가 군고구마를 파는 시간은 대개 저녁 어스름 무렵부터 밤 11시까지였다. 낮에는 폐지를 주워다 판다고 했다.

고구마는 군고구마로 먹는 게 바삭하게 익혀져 맛이 좋다. 어렸을 적 능현리에서부터 고구마를 좋아했던 래호는 한밤 간식거리로 종종 군고구마를 사가곤 했다.

"요즘 장사는 어떠세요?"

군고구마를 사면서 노인에게 물었다. 노인은 이렇게라도 하지 않으면 딱히 굶어죽을 판이라고 했다.

최 노인은 조국 근대화가 한창이던 70년대를 누구보다 앞장서 열심히 살아온 한 집안의 가장이었다. 국민들의 생활은 예전보다 나아졌지만 그렇다고 행복지수가 올라간 것은 아니었다. 사회는 다변화되었다. 그만큼 노인 역시 사회구성원이고 사회에서 요구하는 경제적인 수준이 있었다. 사실 그 수준을 맞추어나가기는 힘든 것이었다. 이렇게라도 하지 않으면 노숙자가 되기 딱 좋은 게 대한민국이라고 했다.

"예전에는 노숙자가 없었어요. 거지가 있었지만 거지들도 지금처럼 길바닥에 아무렇게 쓰러져 잠들곤 하지 않았어요. 남대문에서 지게 짐을 지면 하루 품삯은 벌 수 있었지요. 그 돈으로 따끈한 저녁 한 끼와 하룻밤 몸을 누일 수 있는 공간을 빌릴 수 있었으니까. 쪽방이라고 하는, 작은 공간이었지만 말이오. 그마저 할 수 없는 거지들은 저희끼리 체온을 나눌 수 있는 다리 밑 판자촌이라는 데가 있었어요. 그래서 거지는 있어도 노숙자는 없었던 건데 지금은 거지가 없어진 반면 노숙자가 많아졌어요. 사실 그게 그거지만."

노인은 말꼬가 트이자 래호에게 항변하듯이 말했다.

대한민국처럼 사회안전망이 허술한 나라도 드물 것이다. 1970~80년대만 하더라도 경제가 급성장하면서 완전고용이라는 신화가 있었다. 완전고용에 가까운 실업률을 보이는 나라에서 사회안전망은 그다지 필요가 없었을지도 몰랐다. 한데 IMF체제를 거치면서 경제가 무너졌다. 평생직장이라는 개념이 무너지고 직장에서는 종업원을 해고하기 시작했다. 중소기업뿐만 아니라 은행과 대기업같이 고용이 보장되었던 작업장에서조차 구조조정을 한다는 명목 아래 많은 인원을 해고시켰다. 경제 불황보다도 인간끼리의 신뢰가 무너진 것이 더 큰 충격이었다. 실업률이 급속도로 증가하고 노숙자가 크게 늘어났다.

"좋은 시절이 오겠지."

최 노인은 한숨인 양 말했다. 래호는 그럴 거라고 맞장구를 쳐주었다.

노인은 평생 동안 좋은 날을 기다리며 살아왔을 것이다. 아마 죽는 날까지 희망의 끈을 놓지 않을지도 모른다.

하지만 더 이상 시민의 일상에서 계층 이동이라는 낭만적인 시절은 오지 않을 것이다. 꿈을 찾는 모험이 사라졌다. 모험을 찾기 위해서는 가상세계로 들어가는 수밖에 없다. 현실세계는 지배계층이 무의식적으로, 혹은 의식적으로 펼쳐놓은 거대한 매트릭스가 점점 완성되어 가고 있었다. 지금까지 국민들은 희망이라는 마약에 취해 자신의 뼈가 부서지는 줄도 모르고 열심히 일을 해왔다. 하지만 종착지는 폐지를 줍거나 군고구마를 팔면서 겨우 연명을 해나가는 것이다. 최 노인의 경우야말로 조국 근대화에 앞장섰던 일꾼의 말로였다. 그래도 희망을 잃지 말라고 이야기를 한다. 좋은 시절이 올 것이라고. 다음 세대, 또 다음 세대에도 이와 같은 말은 앵무새처럼 반복될 것이다. 하지만 매트릭스는 점점 완벽하게 구축이 될 뿐이다.

# 예언자

•

래호는 사당동 경제연구소에서 책을 읽고 있었다. 그것은 그의 주요 일과였다. 아침부터 저녁까지, 하루 종일 책만 들여다보는 날이 많았다.

책을 읽고 있는데 낯선 남자들이 찾아왔다. 검은 선글라스를 낀 두 명의 사내였는데 청와대 비서실 소속 정부요원이라고 했다. 겉모습과는 달리 예의 바른 사람들이었다.

"대통령님이 찾으십니다."

그들은 짤막한 말과 함께 한 장의 명함을 남기곤 검정색 그랜저를 타고 사라졌다. 그들이 떠난 후에도 한참 동안 그들이 남긴 여운

이 그 자리에 남아 있었다. 래호에게는 마치 상상 속에서 벌어진 일처럼 느껴졌다.

다음 날, 래호는 청와대로 갔다. 청와대 정문에서 명함을 건네고 용건을 말하자 잠시 후 30대 중반쯤 돼 보이는 키가 작은 한 사내가 나타나 접견실로 안내를 했다. 어딘지 야무져 보이는 의전비서관이었다. 그는 래호더러 그곳에서 기다리라고 했다.

"조금만 기다리시면 됩니다."

조금만이라는 시간이 훌쩍 30분이 지났다. 멍하니 앉아 막연히 기다리는 것은 따분한 일이었다. 래호의 귀에 어디선가 두런거리는 소리가 아련히 들려왔다. 회의를 하는 모양이었다. 아침 회의가 길어지고 있었다.

마침내 의전비서관이 다시 찾아왔다. 그러고는 래호를 데리고 갔다.

대통령 집무실에 들어서자, 거대한 원목책상 중앙에 앉아 컴퓨터 모니터를 바라보고 있는 대통령의 모습이 눈에 들어왔다. TV를 통해 이미 익숙한 모습이었지만 어딘지 낯설었다. 가상의 세계가 별안간 현실세계에서 펼쳐지는 듯한 낯섦이었다. 집무실로 들어서는 래호를 보자 대통령은 미소를 지어 보였다.

"어서 오세요, 한참 기다리셨죠?"

"괜찮습니다."

대통령은 비서관이 내민 서류를 죽 훑어보았다. 래호에 관한 기록이 꼼꼼하게 정리된 서류였다.

"좋습니다."

대통령은 만족한 듯 서류에서 눈을 떼지 않고 고개를 끄덕였다. 그러곤 턱을 매만지다가 지긋한 눈으로 래호를 바라보았다.

"지방대학을 나오셨네요."

"네, 그렇습니다."

대통령은 고개를 끄덕거렸다.

"그런데 궁금하네요. 1997년 외환위기를 어떻게 예측하셨나요? 국내 경제학자 중에서 유일하게 예측했다고 하는데 무슨 비법이라도 있는 겁니까?"

"제가 개발한 엔엠씨 경제모델링이라는 것이 있는데 그걸 통해서 분석해 낸 겁니다."

"아무튼 대단합니다."

"감사합니다."

1995년도에 래호는 자신이 십오 년 동안 심혈을 기울여 개발한 NMC(national monetary circulation) 경제모델링 분석을 통해 2년 뒤 외환위기가 닥치리라는 것을 알아냈다. 그리고 외환위기를 막아야 한다며 장문의 논문을 작성해 각 언론사와 방송국에 배포했다. 그러나 논문을 기사화한 곳은 한 군데도 없었다. 학계 교수들에게도 그 논문을 전달했지만 래호를 거의 미친 사람 취급을 했다. 래호가 주장하는 외환위기도 터무니없다고 생각했지만 NMC라는 듣도 보도 못한 생소한 경제모델링이 학자들에게 거부감을 불러일으켰던 것이다. 고정적인 경제이론의 틀에 박힌 학자들이 래호가 개발한 창의적인 경제모델링을 이단시하는 것은 어쩜 당연한 일인지도 몰랐다.

래호는 외환위기를 알릴 수 있는 방법이 막히게 되자 청와대에 투서를 했다. 하루가 멀다 하고 투서를 했다. 어떻게 해서든지 국가적 위기를 알리고 싶었던 것이다. 그러나 청와대는 묵묵부답이었다. 그럼에도 불구하고 투서를 멈추지 않자 어느 날 청와대 관계자라는 사람으로부터 전화가 걸려왔다.

하지만 전화의 내용은 기대 밖이었다. 투서를 반복하고 투서의 내용을 인터넷에 게재하는 행위를 그만두지 않으면 허위사실유포죄로 고발당할 수도 있다는 것이었다. 청와대조차 자신의 주장을 외면하자 래호는 절망에 빠졌다. 하지만 다시 기운을 차리고 지방의 작은 신문사에 근무하는 고교동창을 설득했다. 고교동창이 래호의 주장에 동감한 것 같지는 않았다. 하지만 동창은 부탁을 저버리지 않고 래호의 주장을 신문 경제면에 실었다. 그러나 반응은 바다에 던진 조약돌처럼 미미했다.

2년 뒤인 1997년 12월, 마침내 외환위기가 현실화되었다.

아시아 경제위기의 진원지는 동남아시아에 위치한 태국이었다. 아시아의 변방에서 진도 7.9의 경제지진이 발생한 것이었다. 1997년 7월 2일 태국에서 은밀한 움직임이 있었지만 그것을 눈치 챈 사람은 극소수였다. 태국 중앙은행은 비밀리에 자국의 통화인 바트화를 달러와 분리한 다음 독립시켰다. 그것은 과감하면서도 결과적으로 무모한 모험이었다. 13년 동안 유지했던 환율제도를 순식간에 바꾸는 것은 생각처럼 쉽지가 않았다. 미리 정보를 입수한 국제자본이 하이에나처럼 덤벼들었던 것이다. 태국은행은 막대한 자본력과 악마의 병기라는 신금융기술을 가진 환투기세력 앞에 속수무책이었다. 마취총에 맞은 코끼리를 하이에나가 뜯어먹는 형국이 되어버렸다. 태국의 비트화는 급속하게 달러 대비 평가절하되기 시작했다. 7월에 25바이트, 12월에는 49바이트, 다음해 1월에는 50바이트를 돌파했다.

결과적으로 태국의 금융회사 절반이 쓰나미를 맞은 듯 초토화되어 버렸고 태국의 총 외채는 1000억 달러로 급증했다.

이 여파는 곧 말레이시아와 필리핀을 휩쓸고 곧 인도네시아를 강타했다. 강력한 금융 쓰나미였던 것이었다. 인도네시아 정부는 환투기세력 앞에 꼼짝을 하지 못했다. 정부가 모라토리엄을 검토할 수밖에 없는 지경까지 이르렀다. 이러한 아시아 경제위기는 거기서 끝이 아니었다. 아시아 전체를 휩쓸고 다녔던 것이다. 라오스와 베트남을 쓰러뜨리고 급기야 한국으로 퍼져가기 시작했다. 세계경제는 단단한 고리를 형성하여 금융위기는 손쉽게 이웃나라로 옮아갔다. 그러나 아시아의 다른 나라들은 한국이 입은 피해 규모에 비하면 아무것도 아니었다. 한국은 기본적으로 수출의존국가였다. 게다가 당시 한국은 세계 11위의 경제대국이었다. 경제 규모만 해도 5000억 달러에 달했다. 경제 규모가 큰 만큼 타격도 심각했던 것이다. 곧 예외 없이 한국에도 외환위기가 불어닥쳤고 달러화 대비 원화가치가 평가절하되기 시작되었다. 1005원 하던 달러당 원화가치가 한 달 만인 1997년 12월 15일에는 1891원으로 급등했다. 원화가치가 폭락하기 시작하여 한 달 만에 그 간격이 두 배로 벌어졌던 것이다. 1997년 12월에 이르러 환율급등과 더불어 한국의 총외채는 2000억 달러가 되었다. 기업들의 대외부채 역시 한 달 만에 두 배로 늘어났다. 정부는 환율 방어에 안간힘을 다했지만 이미 상황은 최악의 상태였다. 외환 잔고가 바닥을 드러낸 것이다.

국가는 대혼란에 빠졌고 대통령은 래호를 긴급 호출했다. 팔을 걷어붙이고 위기에 빠진 국가를 건져내고자 애쓰던 당시 대통령은 래호의 손을 붙들고 눈물을 글썽였다. 며칠 동안 밤을 설쳤는지 그의 눈은 충혈되어 있었다.

"미안합니다. 아무도 선생의 말을 듣지 않았군요."

대통령은 자신의 실책인 양 극구 사과를 했다. 대통령은 뒤늦게나마 래호의 논문을 처음부터 끝까지 다 읽어보았다고 했다. 그리고 비로소 래호의 주장이 정확하게 들어맞은 것을 확인했던 것이다. 그러나 모든 사람들이 순순히 래호의 주장을 받아들인 것은 아니었다. 래호의 경제이론은 생소했다. 경제학자들에게 그 이론은 어디까지나 비주류며 이단이었다.

대통령은 외환위기를 예측한 래호의 능력을 인정하여 경제정책분과위원회 위원으로 임명했다.

대부분 정통 경제학자들로 이루어진 경제정책분과위원회 위원들은 래호가 분과위원이 된 것을 탐탁지 않아 했다. 어쩌다 우연히 외환위기를 예측한 것을 가지고 분과위원으로 임명한 것은 과분한 처사라는 것이 그들의 공통된 생각이었다.

사실 래호가 분과위 위원으로 임명된 것은 파격적인 인사였다. 대통령의 특별 배려가 없었다면 불가능한 일이었다. 특별한 경력도, 학맥도, 지역 연고도, 무엇보다 중요한 정치적인 배경이 없었던 것이다. 래호는 국내는 물론 세계 최고의 명문대를 나온 경제학자들과 마주앉아 토론을 해야 했다. 분과위원들로서는 래호를 얕잡아보는 것은 어쩜 당연한 일인지도 몰랐다. 그들은 래호 앞에서 새로운 경제이론에 관해 토의를 하는가 하면 심지어 프랑스어, 스페인어를 섞어가며 자기들끼리 대화를 하곤 했다. 하지만 래호가 보기에 그들의 경제지식은 얄팍하기 그지없었다. 어린아이가 구구단을 외우면서 마치 수학이라는 학문을 정복한 양 으스대는 꼴이었다. 비록 독학이었지만 래호에게는 수십 년 동안 쌓아온 내공이 있었다.

분과위에 소속된 경제학자들의 얄팍한 경제지식은 금방 들통이 났다. 국고에 있는 외환 잔고를 조사하던 분과위원들은 100억 달러라는 막대한 외화가 사라진 것을 발견하곤 기겁을 했다. 장부와 실제 잔고 사이에 100억 달러의 차이가 있었다. 국고에 있어야 할 100억 달러가 감쪽같이 사라진 것이다. 단 1달러가 아쉬운 판국에 100억 달러라면 어마어마한 금액이었다. 조금 더 조사를 해보자는 래호의 주장을 무시하고 분과위는 곧 대통령에게 보고했다. 뿐만 아니라 언론에 이 사실을 알려 언론에서는 100억 달러가 실종되었다는 사실을 대대적으로 보도했다. 여당의원들은 전임 정부가 100억 달러를 도둑질해 갔다고 맹비난을 하는 한편 검찰에 수사를 요청하기도 했다. 하지만 그것은 분과위의 실책이었다. 구구단 외우기만도 못한 간단한 계산도 못 해 소란을 피운 것이다. 외환 잔고가 사라진 것은 달러당 1000원이었던 원화가 한 달 사이에 2000원으로 평가절하되면서 일어난 일이었다. 급격하게 치솟은 환율을 방어하기 위해 쏟아 부은 돈을 1000원으로 계산하면 당연히 나머지는 감쪽같이 사라진 것 같은 착시현상이 오게 되는 것이다. 래호는 이 사실을 분과위 위원장에게 보고를 했고 100억 달러 증발 사건은 해프닝으로 끝났다.

하지만 IMF 차관 문제는 단순히 해프닝으로 끝날 만한 성질의 것이 아니었다. 분과위는 물론 학계에서도 외환위기를 극복하기 위한 방법은 IMF 차관밖에 없다고 주장을 했다. 국가를 IMF체제로 집어넣겠다는 것이었다. 래호는 반대를 했다.

"IMF를 통해 급한 불을 끌 수도 있겠지만 한국경제는 치명적인 내상을 입게 됩니다. 무엇보다 서민경제가 초토화됩니다. 은행들이 쓰러지고 대기업은 물론 중소기업이 무더기로 도산을 하게 됩니다. 국민들은 길거리로 내몰리고 자살자가 속출할 겁니다."

분과위원들은 래호의 주장을 극단적인 비관론자의 주장으로 몰아갔다. IMF가 그토록 잔혹한 구조조정을 요구할 리가 없다는 것이었다. 설사 전쟁이 일어난다 해도 그 정도로 경제가 황폐화되지는 않는다는 것이 분과위원들의 생각이었다.

“누군 IMF를 하고 싶어서 하는 줄 알아요? 그럼 당신의 대안은 뭐요. 방법이 없잖소?”

분과위 위원들이 래호에게 따져 물었다.

“증권객장을 폐쇄시키고 국가 모라토리엄을 선포해야 합니다.”

경제분과위 위원들은 래호의 주장을 어이없어했다. 래호의 정신 상태를 의심하는 위원도 있었다.

래호는 굽히지 않고 의견을 개진했다. IMF체제는 단순하게 차관을 들여오는 것이 아니라 차관을 제공하는 측의 요구를 무조건 들어줘야 한다. 그들은 상당히 심각한 구조조정을 요청해 올 것이다. 그리고 그들은 그 구조조정을 빌미로 국내의 알짜배기 기업을 헐값으로 매입할 것이다. 그것은 눈 뜨고 도둑질당하는 것과 똑같다.

그리고 심각한 구조조정 덕에 실업자가 속출할 것이고, 그 결과 국민들의 생활은 아비규환에 빠질 것이다. 국가는 국민을 보호해야 한다. 국민을 담보로 하는 IMF체제보다는 차라리 국가부도사태를 선포하고 국가지불정지를 하는 것이 오히려 우리에게 유리하다. 경제대국인 한국이 모라토리엄을 선포하면 미국과 일본을 비롯해 세계경제가 심각한 충격을 받는다. 그들은 모라토리엄을 선포하도록 방관하지 않을 것이다. 우리나라가 모라토리엄을 선포하겠다고 으름장을 놓으면 분명 미국 대통령의 특사가 날아올 것이다. 그때 가서 IMF가 아닌 유리한 차입금을 들여올 수도 있다. 래호는 그렇게 주장했다. 뿐만 아니라 국가정책의 오류로 빚어진 일을 전적으로 국민에게 전도하는 것은 도덕적으로도 있을 수가 없다고 했다. 차라리 국가의 대외신용도에 먹칠을 하더라도 모라토리엄을 선언하는 게 낫다는 것이 래호의 생각이었다. 하지만 래호의 의견은 자본주의 체제를 부정할 뿐만 아니라 경제이론을 전혀 모르는 무식한 자의 억지로 오도되었다.

하지만 래호의 주장이 실지로 말레이시아의 경우는 먹혀들었다. 물론 말레이시아가 래호의 주장을 알았을 리 만무했지만. 어쨌든 모하메드 마하티르 말레이시아 수상은 미국의 협박에도 불구하고 모라토리엄을 선포해 버렸다.

국제자본의 흐름에 정통한 말레이시아의 모하메드 마하티르 수상은 아시아에 불어닥친 외환위기의 본질을 꿰뚫고 있었다. 그는 국제자본을 배후에서 조종하는 유태인 집단을 맹비난했다. 마하티르는 한 발 더 나아가 미국이 아시아를 통제하고 아시아의 알짜 기업들을 사냥하기 위해 일부러 외환외기를 일으켰다고 주장했다.

마하티르 모하메드는 아시아 각국에 외환시장이란 비도덕적이기 때문에 문을 닫아야 하고 금지되어야 한다고 촉구했다. 하지만 그의 주장은 외면되었다.

각국에서는 IMF를 거부하고 모라토리엄을 선포한 말레이시아를 맹비난했지만 말레이시아는 IMF체제 없이 거뜬하게 외환위기를 넘겼다. 외환위기의 후유증이 최소화됨으로써 우리나라처럼 자살자가 속출하는 일도 대기업이 해체되거나 은행이 외국인에게 통째로 넘어가는 일도 없었다.

당시 미국 정부는 IMF를 앞세워 한국 정부의 재정 통화정책 수립을 자신들의 허가 후에 집행토록 했다. 그들은 한국 정부가 고이자율정책을 펴게끔 유도한 것이다. 그리고 이러한 고이자율정책은 결과적으로 한국의 많은 기업들이 도산하는 원인이 되었다. 그리하여 많은 기업들이 구조조정과 합병이라는 명목하에 외국기업으로 넘어갔다. 자본시장 완전개방과 시중은행의 매각도 이러한 과정 중에 일어났던 것이다. 당시 친미 기업인과 경제학자들은 한국의 산업이 과잉 투자되었다는 이론을 펼쳐 알짜배기 한국기업들을 헐값에 외국기업에 넘기는 데 일조하기도 했다.

"근데 그동안 어디에서 일을 하셨습니까?"

대통령은 고개를 갸웃이 하며 래호를 바라보았다. 래호는 자신의 개인 연구소가 있다고 했다.

"좋아요. 앞으로 국가경제재건위원회에서 일하도록 합시다. 어떻습니까?"

국가경제재건위원회는 래호가 처음 들어보는 조직이었다. 나중에 알게 된 일이지만 그것은 비공식적인 조직으로서 30명으로 이루어진 대통령 직속 경제정책 자문기관이었다. 공식적인 대통령 직속 국민자문위원회와는 별도로 조직된 비공식적인 조직이었던 것이다.

"최선을 다하겠습니다."

대통령은 일어나서 래호의 어깨를 두드렸다.

청와대를 나오는 래호의 걸음은 가벼웠다. 청와대 입성은 뜻하지 않은 행운이었다.

래호는 청와대를 나오는 길로 스승인 김태주 선생을 찾아갔다. 김태주 선생은 일제 강점기 머슴살이를 하면서 주인집 책을 몰래 훔쳐가면서 독학을 한 끝에 경제학에 눈을 떠 대가의 자리에 오른, 우리나라 전통 경제학의 권위자였다. 지금은 나이가 들고 병이 들어 물러나 있는 처지지만 한때는 많은 제자를 거느렸고 대학교수들도 선생 앞에서는 함부로 고개를 쳐들지도 못했다. 정약용의 실사구시實事求是 경제학을 계승한 선생은 경제이론이라는 것이 절대로 국민과 분리되어서는 안 된다고 누누이 강조를 하곤 했다.

선생은 요즘 한층 몸이 좋지 않아 자리를 보존하는 일이 많았다. 래호가 들어서자 간신히 몸을 세워 앉았다.

"왔느냐?"

"선생님!"

래호는 대통령과 독대한 것과 국가경제재건위원회에 발탁된 일을 선생에게 자세히 말씀드렸다.

"못난 놈!"

"네?"

재건위원이 뭔 대수냐, 적어도 경제정책 보좌관 정도는 돼야지."

스승은 재건위라는 것이 실속이 없는 자리라는 것이었다.

"그렇지만……."

"자신을 과소평가하는 것도 죄다."

크르릉— 하고는 선생은 다시 자리에 누워버렸다. 네놈 앞에 이렇게 앉아 있는 것조차 아깝다는 투였다.

"그리고, 그놈의 입 좀 함부로 놀리지 말고, 성질도 좀 죽여라."

래호가 전임정부 경제정책분과위에서 쫓겨난 일을 염두에 두고 하는 말이었다. 당시에 IMF체제를 받아들이는 문제로 밤새 치열한 토론이 이어졌었다. 래호는 끝까지 IMF체제를 반대했지만 다수의 의견을 이겨낼 도리가 없었다. 래호는 마침내 머리끝까지 화가 나서 분과위 위원들에게 욕설을 퍼부었다.

"나라를 팔아먹는 이 매국노들아."

점잖은 경제학자들에게 해서는 안 될 말이었다. 그들은 분개해서 래호를 둘러싸고 멱살을 거머쥐었다. 그러곤 무식한 놈이 여기까지 와서 행패를 부린다고 래호를 몰아붙였다. 결국 국가는 IMF체제에 편입되고 래호는 사직을 하고 청와대를 나와버렸다.

래호는 우리나라 외환위기 배후에 모종의 시나리오가 있다고 믿었다.

당시 한국은 아시아의 여느 나라보다 해외투자에 공격적이었다. 일본이 장기침체에 빠져 있는 동안 한국의 대외직접투자액은 눈부신 성과를 이루어냈다.

특히 한국은 동아시아를 우선 목표로 잡고 투자를 집중시켰다. 한국의 해외투자 규모는 매년 30퍼센트 이상씩 급증했다. 중국, 인도네시아, 베트남 등이 주요 투자 대상국이었고 유럽도 마찬가지였다. 유럽에서 한국의 투자 규모는 이미 미국의 투자 규모를 넘어서고 있었다. 1997년 당시 LG는 프랑스 웰즈에 120억 프랑을 투자해

공장을 지을 준비를 마쳤다. 그리고 영국에도 270억 프랑을 투자할 계획이었다. 대우는 동유럽에서 맹활약을 하고 있었다. 대우는 폴란드를 교두보로 삼고 신생자본주의국가인 동유럽국가들을 차례차례 공략할 예정이었다. 삼성, LG, 현대, 대우가 유럽에 거느린 계열사만 해도 모두 74개에 달했던 것이다. 하지만 외환위기로 말미암아 모든 것이 물거품으로 돌아갔다. 세계경영을 외치던 대우그룹은 공중분해가 되었고 중국과 동남아시아, 유럽에 진행 중이던 투자계획과 신설공장 증축은 모두 취소되었다. 이때 포기된 투자액을 합하면 모두 130억 8000만 달러에 달했다. 공격적으로 해외투자를 하는 사이에 미국, 혹은 일본의 자본으로 의심되는 국제자본이 급습을 한 것이었다.

1997년 외환위기 당시 래호를 찾아온 것은 청와대뿐만이 아니었다. 일본의 금융그룹에서 파견한 사람이 래호를 찾아왔었다. 그의 이름은 미시마 츠요시였다. 그는 신문을 보고 몹시 흥분했다고 한다. 일본열도는 물론, 자본금융의 본산지인 뉴욕에서도 아시아 금융위기를 예측한 사람은 아무도 없었다. 물론 1990년대쯤 세계적인 대공황이 올 것이다, 라고 막연하게 예측한 사람은 있었다. 하지만 래호처럼 풍부한 자료를 바탕으로 논문을 작성해 증명한 사람은 아무도 없었다.

미시마 츠요시가 래호를 찾아온 것도 그 이유였다. 그는 어떻게 래호가 외환위기를 예측했는지 그 사실을 매우 궁금해했다. 하지만 래호는 그에게 나름대로의 핵심기술인 NMC 경제모델링에 대해서 밝힐 수가 없었다. 그는 몹시 실망한 눈치였다. 작은 힌트라도 얻길 바랐는데 래호의 태도는 냉정하기만 했던 것이다. 미사마 츠요시 역시 경제를 연구하는 일본의 젊은 경제학자이며 일본의 종합상사 그룹의 비서실장을 지내는 등 실무에도 매우 능통한 사람이었다. 그는 래호가 NMC를 손쉽게 내놓지 않으리라는 것을 눈치 채고는 래호를 포섭하려고 했다. 그룹 이사직을 제의했던 것이다. 연봉만 해도 수억 엔이나 되는 자리였다. 하지만 래호는 거절을 했다. NMC 경제모델링이 일본의 손에 들어가는 것은 매우 위험한 일이라는 판단에서였다.

그 후로도 그는 몇 차례 다시 래호를 찾아왔다. 은연중 래호를 물질적으로 도우려고 한 적도 있었다. 곤경에 처해 있을 때마다 래호에게 손을 내밀었지만 래호는 거절을 했다. 그들의 도움을 받는 순간 자신이 어떤 처지가 될 것인가를 너무 잘 알고 있었기 때문이다.

▶▶▶

눈을 뜬 미시마 츠요시는 비로소 자신이 호텔에 누워 있다는 것을 깨달았다. 옆자리에는 에리카가 누워 있었다. 미시마 츠요시는 흡사 〈다만 널 사랑하고 있어〉라는 영화 속 여배우가 자신의 곁에 누워 있는 듯한 착각이 들었다. 하지만 에리카는 스크린 속 영화배우가 아니라 자신의 연인으로 지금 곁에 누워 있는 것이다. 에리카는 부드러운 여자였다. 미시마 츠요시는 에리카를 만날 때마다 그녀의 부드러움을 새삼 깨닫곤 했다. 그녀의 정신, 육체, 그녀를 감싸고 있는 알지 못할 기운, 이런 것들이 모두 그녀가 뿜어낸 아우라처럼 그녀를 둘러싸고 있었다. 미시마 츠요시가 일어나 몸을 세우자 덩달아 잠이 깬 그녀는 예의 그 따듯한 눈길로 그를 바라보았다.

미시마 츠요시는 에리카와 호텔을 들락거리긴 했어도 오늘처럼 생소한 적이 없었다. 도무지 지난밤 일이 떠오르지가 않았다. 긴자 구락부에서 도쿄은행연합 금융위원들과 밤늦도록 술을 마신 기억밖에 없었다.

"그리고 저를 불렀어요. 그때가 새벽 세 시였다고요."

미시마 츠요시의 생각을 읽은 것처럼 에리카가 말했다.

에리카는 일어나서 가운을 집어 들고 천천히 입기 시작했다. 옷을 입기 직전 드러난 그녀의 하얀 육체가 새삼스러웠다.

그녀가 화장실로 들어간 사이 미시마 츠요시는 침대에 걸터앉은 채 담배를 피웠다. 그러면서 오늘 당장 자신이 할 일을 본능적으로 떠올렸다. 긴자 아르마니 타워에서 야쿠자 오야붕을 만나야 하고 내일은 출국 준비를 해야 했다.

"나카야마 시치리에 가기로 한 것은 어떻게 됐어요?"

화장실에서 나온 에리카는 맑게 씻긴 듯 투명했다. 그녀는 수건으로 얼굴을 닦으며 미시마 츠요시에게 물었다. 나카야마 시치리는 히스이강을 따라 이어지는 두 개의 협곡이 있는 풍광 좋은 곳으로 사람들의 발길이 잦지 않은 온천이 숨겨진 듯 있는 곳으로 유명하기도 했다.

지난 가을 미시마 츠요시가 먼저 에리카에게 그곳에 한번 다녀오자고 하고는 어쩔 수 없이 차일피일 미루고 있었다. 리먼브라더스가 위기에 빠지면서부터 그렇게 된 것이다. 리먼브라더스는 이렇듯 연인 사이의 밀월여행조차도 방해하고 있는 것이다.

"이번 주말은 어떠세요?"

여자는 될 수 있는 대로 조르는 인상을 주지 않으려는 듯 조심스럽게 물었다.

"오늘이 무슨 요일이지?"

"수요일이에요."

아, 그렇지. 어제 폭음을 하는 바람에 두뇌의 기억장치가 고장이 난 듯했다. 이렇듯 폭음하기는 수 년 동안 처음이었다.

"주말엔 한국에 가야 해."

원래, 주말에 나카야마 시치리에 가자고 말해야 정상인데 한국으로 가버린다고 하자 자신이 마치 일부러 에리카의 말을 비웃는 듯한 결과가 되어버렸다.

"일 때문이야."

미시마 츠요시가 한국에 가는 것은 사업상 이유밖에 없었다. 그 사업상의 이유에 대해서는 에리카도 잘 알고 있었다. 어느 날 미시마 츠요시는 에리카에게 고백하듯이 말해 버린 것이었다. 다음 날 아침 후회를 했지만 어쩔 수가 없었다. 이미 엎어진 물이었다. 다행히 에리카는 사려 깊은 여자였다. 비밀을 쉽게 발설하는 입 가벼운 여자가 아니었다.

에리카는 조용히 미시마 츠요시에게 다가왔다. 그리고 그의 앞에 무릎을 꿇듯이 앉아서 그녀의 부드럽고 기다란 손을 뻗어 미시마 츠요시의 허벅지를 천천히 쓰다듬었다. 그녀의 이런 행동은 종종 미시마 츠요시를 아늑하고 기분 좋게 만들었다. 숙취 후 불쾌감 따위가 말끔하게 사라지는 것이었다.

"이번에도 그 사람을 스카우트하지 못한다면 어떻게 할 작정이세요?"

미시마 츠요시는 그 이후에 대해서 생각해 보지 못했다. 그것은 자신의 결정권한을 넘는 일이기 때문이기도 했다. 하지만 어떤 결과가 올는지 충분히 상상할 수 있었다.

"모르지. 나는 시키는 대로 할 뿐이니까."

에리카는 싱긋 웃었다. 붉은 입술 사이로 하얀 덧니가 살짝 드러나는 그녀의 웃음은 무척이나 매혹적이었다.

"어쨌든 빨리 일이 해결되었으면 좋겠어요. 나카야마 시치리에는 겨울에 눈이 많이 내려요. 눈 때문에 길이 막히기 전에 온천을 다녀오는 것이 좋겠어요. 하지만 일이 끝날 때까지 기다려야겠지요."

"물론 가야지. 가게 될 거야."

미시마 츠요시는 담담하게 말했다. 그러자 미시마 츠요시의 눈앞에 나카야마 시치리의 아름다운 정경이 아스라이 펼쳐지는 듯했다.

"근데 그 사람이 그렇게 대단한 사람이에요?"

한발 빼는가 싶더니 다시 공격해 들어오는 에리카였다. 역시 에리카 앞에서는 방심할 수가 없었다. 래호라는 자가 에리카와 같은 이중적인 성향을 지니고 있었다면, 일은 일찍이 성사되었을 수도 있었다.

"그 사람은 말하자면 도요토미 히데요시와 맞섰던 조선의 이순신 같은 사람이야. 도요토미 히데요시는 대군을 거느리고도 이순신에게 쩔쩔맸지. 결국 대륙정벌은커녕 조선도 손에 넣지 못했어."

그자는 그랬다. 적어도 미시마 츠요시가 알기로는. 그와의 대면을 통해 그는 가끔 조선 역사의 영웅인 이순신을 떠올리곤 했다.

다행히 그는 이순신처럼 관료가 아니었다. 그에게는 배도 없었고 부하들도 없었다. 그는 외로워 보였다. 그처럼 멋진 사나이에게 동지가 없다는 게 미시마 츠요시가 생각하기에도 미스터리한 일이었다. 하지만 사실이었다. 모든 조사를 통해 알아낸 결과 그는 독자적으로 움직이고 있었다. 하지만 그를 지지하는 세력은 무시하지 못했다. 그는 인터넷을 통해 지혜의 여신이라는 필명으로 자신의 동조자를 끌어모으고 있었다. 비록 조직화되어 있지 않지만 그 세력이 어느 날 갑자기 오프라인으로 뛰쳐나온다면 감당할 수 없는 일이 벌어질는지도 몰랐다. 실현성이 낮겠지만 충분히 가능한 설정이었다. 다행히 현 정부에서는 그를 이단시하고 있고 배척하고 있었다. 법무장관은 그를 수사할 수도 있다는 심정을 내비치기도 했다. 그 또한 국가와 맞서는 어리석은 짓을 할 것 같지는 않다. 국가는 그를 등졌다. 이것은 절호의 기회였다. 조선시대와는, 그리고 1997년 이전과는 사뭇 다른 환경이었다. 어쩌면 더욱 어려운 상황일는지도 모른다. 하지만 미시마 츠요시는 끝까지 그를 설득해 볼 작정이었다. 그에게 국가관념 따위는 예전보다 많이 엷어진 것처럼 보였다. 국가는 그를 버렸다. 그도 그 사실을 알고 있었다. 이것은 매우 중요한 사실이었다.

하지만 그는 무섭도록 버티고 있었다. 그가 버티는 이유를 미시마 츠요시는 이해할 수가 없었다. 이것은 버틴다고 해결될 일이 아니었다. 그것은 자신의 경우도 마찬가지다. 더 나아가 일본, 혹은 뉴욕에서 치열한 금융전쟁을 벌이고 있는 유태인 그룹도 마찬가지였다. 내전은 어디까지 번질 것인가. 우연히 기회를 얻은 일본은 그것을 이용해 노란토끼를 한반도에 상륙시킬 작전을 벌이고 있다. 하지만 내전이 격화된다면, 다음 단계는 GM과 포드, 그리고 크라이슬러라 했다. 고래 싸움에 새우등이 터진다고 결국 일본까지도 다칠 수가 있다. 일본으로서는 모험이었다. 이래 죽으나 저래 죽으나 마찬가지인 것이다. 어차피 언젠가 부딪칠 모험이었다. 대륙 상륙은 일본인의 본능이었다. 그 본능이 다시 발동된 것에 불과했다.

"한 사람쯤은 무시할 수 있잖아요?"

에리카는 그 신비스런 인물에 대해서 무척 호기심이 생기는 모양이었다. 자신도 처음에는 그랬다. 하지만 그를 만나면 만날수록 오싹하는 한기가 생긴다. 어떤 두려움, 공포심 같은 것이 생겨나는 것은 어쩔 수가 없었다.

"우리가 미드웨이 해전에서 왜 패배했는지 알아?"

미시마 츠요시는 에리카의 턱을 어루만지면서 말했다. 에리카는 모르겠다는 듯 고개를 좌우로 흔들었다.

"우리의 암호를 적들이 해독했기 때문이야. 우리가 언제 어디서 어느 쪽으로 갈지 적들은 우리의 통신 내용을 듣고 암호를 해독해 냈어. 그리고 기다렸다가 우릴 때렸지. 마찬가지야. 지금 그 조선 사람도 우리의 움직임을 손바닥 들여다보듯 알고 있어, 우리 토끼들이 반도에 상륙하기 보름 전쯤에 이미 우리의 움직임을 눈치 챌 거야. 자칫 우리 토끼들이 그의 손에 죽을 수도 있어. 우리는 그것이 두려운 거야. 사실 조선 반도에서 그의 힘은 미미해. 인터넷을 통해 대중을 선동하는 정도랄까. 하지만 그의 예지능력은 타의 추종을 불허해. 특히 그의 안테나는 예민하지. 우리가 두려운 것은 그의 안테나야. 우리 것으로 만들든가, 아니면 파괴시켜야 해. 전쟁 발발 시 가장 먼저 하는 일이 바로 적의 레이더 기지를 파괴하는 것이지. 지금도 마찬가지야."

미시마 츠요시는 손짓을 해가며 설명을 해줬다. 그제야 에리카는 그의 말뜻을 알았다는 듯이 고개를 끄덕였다. 하지만 에리카는 말의 내용보다도 남자가 자신에게 집중하는 시간을 즐기는 듯했다.

"멋진 사람이라니까 나도 그 사람이 보고 싶어요. 어쨌든 그 사람을 우리 편으로 끌어와서 함께 나카야마 시치리에 가보고 싶군요."

미시마 츠요시도 같은 생각이었다. 하지만 어쩐지 에리카의 이야기가 전혀 현실감 없이 다가왔다. 그 이유를 미시마 츠요시는 잘 알고 있었다. 하지만 그 속사정까지 차마 들뜬 에리카에게 이야기할 수는 없었다.

# 전야제

외근에서 돌아온 효찬은 GIA(Government Intelligence Agency) 지부 자료를 정리해 부장에게 건넸다.

효찬은 오늘 일은 그럭저럭 만족스러웠다. 오늘은 그쯤에서 정리하고 집에 돌아가 내일 계획을 세우리라, 했는데 부장이 효찬을 호출했다.

부장은 등받이 의자에 깊숙이 기댄 채 생각에 잠겨 있다가 효찬이 다가오자 몸을 일으켜 세웠다.

"이 과장은 부산에 왜 갔어?"

느닷없는 부장의 질문에 효찬은 부장의 얼굴을 바라보았다. 효찬은 부장이 무슨 말을 하는지 이해할 수가 없었던 것이다.

"정보 제공자를 만나러 갔는데요."

"만나서 뭐 했어?"

심상찮은 말투였다. 역시 곧이어 따가운 질책이 이어졌다.

"이 과장은 정보원으로서 정보를 수집하기 위해 부산에 간 거야. 한데 자료가 없잖아. 가치 있는 정보가 없단 말이야."

효찬은 죄송하다며 뒷머리를 긁으며 자료를 보충하겠다고 했다. 역시 부장의 눈과 자신의 눈은 달랐다. 스스로 자만한 것이 부끄러웠다.

"됐어. 이 일은 여기서 마무리하고 따로 할 일이 있어."

부장은 새로운 지시를 내렸다. 진행하던 일을 미룰 만큼 중요한 일거리인 듯했다.

"'지혜의 여신'에 대해서 알아봐. 요즘 말썽이 되는 모양이야. 위에서 지시가 내려왔어. 다치게는 하지 말고 거주지, 실명, 직업, 행동반경 등등 남김없이 박박 긁어와."

효찬은 알겠다고 했다. 하지만 막연한 일이었다. 익명의 인터넷 논객에 접근하는 일이 말처럼 쉬운 일은 아니다.

'지혜의 여신'이 인터넷에 등장한 것은 2008년 3월 무렵이었다. 처음부터 그가 사람들의 관심을 끈 것은 아니었다. 다른 네티즌처럼 그도 평범하게 경제를 소재로 한 에세이와 짧은 분량의 논문을 올렸을 뿐이었다. 하지만 시간이 지날수록 그의 글은 다른 사람들의 글과는 차별성을 띠기 시작했다. 아고라를 드나드는 수십만 명의 인터넷 논객 중에서 점차 두각을 나타내기 시작했던 것이다. 그가 이처럼 인기를 끌게 된 것은 그의 글이 솔직하면서도 실제적이었으며 소름이 끼칠 정도로 신랄했기 때문이다. 그는 또한 접근하기 어려운 경제이론을 대중들이 쉽게 이해할 수 있도록 가급적 쉬운 용어를 사용했고 풍부한 예를 들어가며 설명을 했다. 경제이론이란 전문가들의 영역이라고 인식하고 있던 많은 사람들에게 경제이론이란 것이 자신의 생활과 직접 연관이 되어 있으며 자신이 관여해야 하는 문제라는 놀라운 인식의 전환을 선사했다. 그가 전해주는 소박하고 서민적이며 때론 충격적인 경제 이야기는 네티즌들의 눈을 휘어잡는 데 부족함이 없었다. 그의 글은 치밀한 논리로 무장을 하고 있어서 경제 전문가조차 쉽게 반박을 할 수가 없었다. 그리하여 사람들은 그의 글을 찾아 인터넷 공간을 여행했으며 시간이 지날수록 그가 올린 글의 조회 수가 기하급수적으로 늘어갔다. 그는 정확한 정보를 바탕으로 경제 동향을 예측했고 일반인들이 알지 못하는 고급정보를 일반 대중들에게 알렸다. 국내는 물론이고 세계, 특히 미국 쪽과 일본 쪽에 관한 정보는 어느 전문가의 정보보다 정확하고 빨랐다.

지혜의 여신. 그에게는 독특한 카리스마가 있었다. 자신을 낮추고 상대를 설득하는 기술이 뛰어났다.

사람들은 그가 갖고 있는 경제 전문지식, 정보, 그리고 무엇보다 그가 갖고 있는 경제관에 큰 관심을 보였다. 특히 위선적이지 않고 전혀 지적이지 않으면서도 상대의 가슴팍을 파고드는 생생한 현장감 있는 경제지식으로 인해 일부에서는 그에게 '야생의 경제학자'라는 별명을 붙여주기도 했다. 게다가 그가 예언하는 사실들이 무서울 정도로 정확하게 맞아떨어지면서 이 얼굴 없는 경제학자는 점점 경외의 대상으로 군중들에게 인식되기 시작했다. 세간의 눈이 그에게 집중되자 과연 그가 누구인가, 온라인상에서 아닌 오프라인에서의 그의 모습에 대해 궁금해하는 사람들이 늘어갔다. 그에 관한 풍문이 온라인과 오프라인을 가리지 않고 여기저기서 나돌았다.

그의 영향력이 커지자 그는 예언자에서 선지자로, 또 어려움에 처해 있는 동포를 이끌고 홍해를 탈출하는 구원자로서 대중들의 가슴속에서 점점 커가기 시작했고 그의 경제비판은 정부의 주목을 받기에 이르렀다. 대중들에게는 고마운 지침을 내려주는 은인이었지만 정부의 눈에는 체제 위협이 될 수 있는 아웃사이더였던 것이다. 그는 인터넷을 통해 사람들에게 각성을 요구했다. 각성을 함으로써 지배계층이 펼쳐놓은 매트릭스에서 빠져나와 스스로의 길을 개척해야 한다고 부르짖었다. 민중에게 그는 《그리스신화》에 나오는 프로메테우스였다.

효찬은 사실 지혜의 여신에 관해 그다지 관심이 없었다. 물론 지혜의 여신에 대한 대중들의 관심이 폭발적이다, 라는 것을 알고는 있었지만 얼굴을 드러내지 않은 사람의 역할이란 한계가 있는 것이기 때문에 시간이 지나면 자연스럽게 대중들의 관심으로부터 멀어지리라 생각했다. 누구의 말처럼 혁명의 시발점이라든가 혁명가의 모습으로 그를 인식한 것이 아니라 얼굴 없는 대중적인 스타로 그를 인식했던 것이다.

마침 동료들이 하나 둘 사무실로 들어오기 시작했다. 오늘따라 외근이 많은 날이었다. 하나같이 지친 모습들이었다.

배 과장이 효찬을 보고는 어깨를 툭 치며 저녁을 먹으러 가자고 했다.

효찬과 배 과장은 효찬의 파트너인 김재원 그리고 다른 두 명의 동료와 합류해 회사 근처에 있는 식당으로 갔다. 그곳에서 그들은 술을 곁들여 밥을 먹었다.

점심을 걸렀다는 최 과장은 허겁지겁 밥부터 먹었다. 배 과장과 김 과장 역시 하루 종일 여기저기 쑤시고 다녔다고, 힘들다며 입 안에 소주를 털어 넣었다.

"나만 놀았나?"

효찬은 부장의 질책을 떠올리며 중얼거렸다. 부장의 말이 전혀 터무니없는 것은 아니었다. 나름대로 열심히 했다고 해도 문제는 결과였다.

"괜찮아."

효찬의 말을 듣고 배 과장이 말했다. 약간 비웃는 투였다.

"뭐가 괜찮아?"

"넌 그러면서도 항상 잘해 왔잖아."

배 과장 말이 맞는지도 몰랐다. 부장이 지혜의 여신 건을 자신에게 일임한 것이 그 증거였다.

"한데 아까 부장님이 뭐라는 거야?"

옆자리에 앉은 최 과장이 끼어들었다. 최 과장은 그런대로 남 비유 맞출 줄 아는 싹싹한 인물이었다.

"지혜의 여신인가 뭔가 하는 사람에 대해서 알아오라는 거야."

"지혜의 여신?"

배 과장이 문득 밥을 먹다가 말고 고개를 들었다. 밥을 물고 용케 말을 뱉어냈다.

"그 사람이 뭐 박영철이라며? 《주식투자론》 쓴 그 유명한 사람. 아이디가 동네의사라든가……."

"아냐, 그 사람이 자기 입으로 직접 그랬어. 아니라고. 자기도 지혜의 여신처럼 유명한 사람이 되어봤으면 좋겠다고. 그보단 김병철일 거야. 경제기획원 장관했던 사람. 그 사람이 지금 시골에서 고구마 농사짓고 있다는데."

"그 사람도 아니야, 선배. 인터뷰 기사 올라온 거 못 봤어?"

"도대체 누구야 그럼."

효찬은 툴툴거리며 말했다. 숨어 있는 사람을 찾아내는 일은 결코 쉬운 일이 아니었다. 앞으로의 일이 걱정스러웠다.

"우리도 모르지."

이 과장이 말했다.

"맞아. 누군가 밝혀내기만 하면 대박일 텐데."

"그럴까? 정말 그 사람을 찾아내는 일이 그처럼 대단한 일일까?"

효찬의 말에 최 과장이 픽, 웃으며 말했다.

"우리가 언제 이것저것 따지면서 일하냐. 까라면 까는 거지."

"당연하지, 그 사람은 화제의 인물이잖아"

"하지만 작정하고 숨은 사람을 어떻게 찾아."

배 과장은 밥을 입에 잔뜩 물고 볼멘소리로 말했다. 말할 때는 다른 혀가 움직이는 것 같았다.

"아이티 정보팀에 의뢰를 해야지, 우선 아이피를 따온 다음 좁혀야지."

"좋아, 한번 부딪쳐보자구."

효찬이 주먹을 불끈 쥐어 보였다. 하지만 효찬을 바라보는 동료는 없었다. 다들 식사하기에 정신이 없었다. 다들 몹시 허기가 져 있었던 것이다.

동료들과 헤어지고 집으로 돌아가면서 효찬은 어떻게 하면 지혜의 여신을 찾아낼까 궁리했다. 동료들에게 자신이 곧 찾아내겠다고 큰소리를 치긴 했지만 막막했다. PC방을 돌아다니며 글을 올린다면 추적하기가 쉽지 않았다. 수개월이 걸릴지도 모른다. 지문 채취, 유전자 분석, CCTV 등등 어지러운 단어들이 떠올랐다.

전화벨이 울렸다. 휴대폰이 아닌 사무실 전화였다. 래호는 책상 위에 놓인 전화 수화기를 집어 들었다.

"여보세요?"

"안녕하세요? 소장님 접니다. 하하."

누군가 했는데 지난 주 전화를 걸어왔던 중소상공인협회 총무부장이었다. 다소 호탕한 기미가 있는 그의 목소리를 자신이 잊고 있었다는 것이 의아했다.

"소장님, 약속 시간이 변경이 되었습니다."

다음 주에 강연회가 있었다. 래호는 한 달에 두세 차례 강연회에서 강연을 하곤 했다. 주로 경제학에 대한 이론적인 것보다 현실 경제문제에 대한 대중들의 호기심을 달래주는 내용이었다. 그들은 다소 진부한 경제이론보다 현실적으로 도움이 되는 경제 이야기를 원했다. 가령 지금 주식을 살 것인가, 팔아야 하는가, 부동산은 언제 사고파는 것이 적절한가, 혹은 퇴직 후 어떤 장사를 해야 망하지 않고 버틸 수 있는가 등등 매우 현실적인 이야기들을 원했다. 그렇다고 래호 입장에서는 그들의 구미에 맞는 대로 이야기를 진행시킬 수는 없었다.

"강의시간을 오후 2시로 연기했으면 하는데요."

날짜가 아닌 강연시간을 재고해 달라는 것이었다. 어려운 문제는 아니었다. 하지만 이유가 궁금했다.

"갑자기 왜 시간이 변경되었습니까?"

"협회 사람들 중에 어제 해외연수에서 돌아온 사람들이 있어서요. 그 사람들 중에 강의를 원하는 사람들이 많아서 시간 조절이 불가피했습니다. 소장님께서 협조해 주시면 좋겠습니다."

래호는 알겠다고 했다. 하지만 다음 주는 시간을 변경하기 어려울 것이라고 말했다.

사실 잦은 일정 변경은 강사나 수강생이나 혼란을 초래할 우려가 있는 문제로 바람직한 것은 아니었다.

"감사합니다. 소장님."

총무부장은 몇 번씩이나 고맙다고 전화 속에서 사례를 했다.

전화를 끊고 나서 래호는 사무실 안을 천천히 거닐었다. 이렇게 연구소라도 꾸리지 않았다면 강연을 요청받는 일도 없을 것이다. 하지만 다른 재건위원들의 활동은 활발했다. 그들은 재건위에 참여했다는 그 자체만으로도 정치적인 경력을 쌓는 데 상당한 도움이 되는 것이다. 실지로 재건위원이 청와대 내각에 입각되는 경우도 왕왕 있을뿐더러 국회의원 배지를 다는 경우도 흔했다. 그러고 보면 재건위란 것이 어쩔 수 없이 정치적일 수밖에 없다는 생각이 들었다.

마음이 어수선해졌다. 래호는 일찍 사무실 문을 닫고 독서토론 회원들과 술이나 마실까 생각했다. 그러자 상가회의에서 오늘 아래층 관리 사무실에서 회의가 열린다는 이야기가 생각났다. 심각한 회의는 아니었다. 관리보고와 앞으로 시정사항 및 몇몇 문제들, 가령 수도세 부담률 같은 것을 새로이 조정하는 것이었다. 사실상 친목 겸 술 한잔 하자는 자리였다. 래호는 흘끔 사무실 벽시계를 바라보았다. 회의는 6시부터 열릴 예정이었다. 아직 한 시간가량 남아 있었다. 그동안 무엇을 할까 곰곰 생각하다가 어제 저녁 인터넷에 올리기 위해 쓰다만 글을 마저 쓰기 위하여 컴퓨터 앞으로 다가갔다.

현실세계에서 중책인 재건위와 경제연구소를 꾸리고 있었지만 적어도 온라인 속에서의 '그'와 필적할 수는 없었다. 온라인상에서의 나, 혹은 그는 이미 영웅에 가까웠다. 많은 이들이 지혜의 여신의 방문을 고대하고 그의 글이 올라오는 순간 조회 수가 급격하게 올라갔다. 일만, 이만, 십만, 이십만……. 조회 수가 올라갈 때마다 래호는 과연 이 사람들이 정말 자신의 글을 읽는 것인가 의심이 들 정도였다. 댓글이 꼬리에 꼬리를 물고 이어졌으며 메일링을 원하는 사람들이 간절하게 그의 이름을 부르짖었다.

'쉿!'

침묵은 금이다, 라고 소리쳐 봐도 아무 소용이 없었다. 그의 글은 순식간에 사이트마다 퍼날라졌고 인터넷신문과 다음 날 조간신문에 활자화되어 턱하니 래호의 눈앞에 나타났다. 래호는 자신의 글에 관한 기사와 논평, 혹은 찬양과 우려, 호기심 등등이 섞인 신문기사를 볼 때마다 마치 연예인의 활동기사를 보는 듯한 이질감이 느껴졌다. 말하자면 온라인상에서의 그는, 나가 아닌 것 같은 느낌이었다. 전혀 다른 모습의 나가 모습을 바꾸고 대중들 앞에서 광휘의 지휘봉을 들고 열심히 숨겨진 경제의 비밀을 가르치는 듯한 느낌이 드는 것이다. 물론 래호는 그를 존경해 마지않았다. 하지만 그 존경이란 것이 대중들의 존경과 어우러진 대중심리라는 것을 알고 있었다. 그것은 묘한 기분이었다. 마치 육체에서 떨어져 나간 영혼이 자신의 육체가 움직이고 이룩한 업적을 지켜보는 듯한 느낌이었다. 그리고 이러한 일련의 행위들은 퍽 위험한 일이었다. 인간 세계에서, 온라인, 오프라인을 통틀어 누군가의 주목을 받고 더욱이 많은 추종자들이 생긴다는 것은 상당히 위험한 일이었다. 그리하여 래호는 자신의 글을 PC방을 전전하면서 몰래 올릴 때도 엔터키를 누르기 직전 마치 대륙간미사일 버튼을 누르듯 멈칫한 적이 한두 번이 아니었다. 누군가의 행복을 위해서 더 큰 불행을 막기 위해서 하는 일이라고 생각했지만 결국 그 여파가 언젠가 자신에게 돌아오리라는 것을 잘 알고 있었다.

# 국가경제재건위원회

청와대의 하루는 부산하게 움직인다. 소리 없는 움직임이 넘실거리며 청와대를 밀밀히 채우는 것이 마치 깊은 산속 절간에서 하루를 준비하는 스님들의 움직임 같았다. 소리를 죽이고 최대한 빨리 움직이며 조용조용 일을 처리하는 것이 하나의 불문율로 정착된 곳이 바로 청와대였다.

래호는 청와대에 들를 때마다 의외로 가라앉은 정적에 놀라곤 한다. 대한민국의 두뇌 역할을 하는 곳이 이처럼 조용해서야 되겠는가 하고 걱정을 한 적이 있을 정도였다.

그것은 사무실 복도와 칸으로 나뉘고 나뉜 각 방의 방음장치 탓도 크다. 공사 중이 아닌 다음에야 막힌 사무실에서 소음이 흘러나올 리가 없었다. 가끔 웃음소리가 터져나오는 곳이 있긴 했다. 대통령 비서실장실과 각 수석비서관실이 그중 대표적인 곳이다. 웃음소리를 흘리는 사람은 부서 행정관들이라기보단 대부분 기자들이었다. 기자들은 아침 브리핑 시간을 기다리며 뭐 소스가 없을까 하고 비서실장실이나 수석비서관실에 들러 커피를 마시곤 했다. 각 부서장들은 기자들을 기꺼이 맞이했다. 누구보다도 언론과 친해지고픈 마음이 크지 않을 수 없었다. 그들은 불쑥불쑥 기자들이 들어설 때마다 가슴을 쓸어내리며 놀라기도 하지만 싫은 내색을 하지 않았다, 방긋 웃으면서 차 한잔 접대하는 일은 어려운 일이 아니었다.

재건회의가 열리는 장소는 일정하지 않았다. 청와대 세종실, 집현실, 자문회의실, 대통령 집무실 등 수시로 바뀌었다. 회의 개최 직전까지 장소는 공개되지 않았다. 비서관이 나타나 접견실에 모여 있는 재건위원들을 회의가 열리는 장소로 조용히 안내했고 그제야 재건위원들은 회의장소를 알게 되었다.

재건위원회에 참석하는 위원들도 항상 고정된 것은 아니었다. 경제정책에 따라 사안이 다르고 그때마다 위원이 바뀌었다. 고정위원이 있는가 하면 그때그때 사안에 따라 투입되는 전문가 그룹이 있었다.

예를 들어, "시민정부의 대외경제정책과 FTA 진행 방향"이라는 안건이 상정된 경우 안건 관련 지명위원이 선정된다.

산자부장관, 농림부차관, 정책수석, 통상교섭조정관 등 안건 관련 지명위원은 안건에 따라 바뀌는 것이었다.

대통령이 참석하는 재건회의에는 당연직 위원 4인이 참석했다. 경제부총리, 대통령비서실장, 기획예산처장관, 정책실장, 경제보좌관이 그렇다. 그리고 정책수석, 경호실장, 의전비서관, 국정홍보비서관 등이 배석했다. 대통령이 주재하는 경제정책 재건회의는 대부분 기록을 하지 않았다. 기록 여부는 회의 전에 미리 정해졌다.

청와대에서는 경제정책을 수립하는 데 직접 관련 있는 부서만도 20개에 달한다. 각 부서마다 팀장의 지휘 아래 보좌관, 비서실 연구원들이 밤을 새워가며 경제정책을 연구하고 또 토론한다. 각 부서에서 연구한 정책보고서는 하루에 쏟아지는 양만 수백 장에 달하며 이 보고서들은 취사선택, 혹은 요약되어 대통령에게 날마다 보고된다. 이 보고된 정책 제안을 두고 대통령은 관련 비서실과 재건위와 자문위원들의 의견을 청취하는 등 정책으로서의 가치를 결정한 뒤 국무회의 보고를 거쳐 정부정책으로 확정한다.

말하자면 래호가 소속된 재건위는 대통령이 정책을 수립하는 데 도움을 주는 어드바이스 기관인 것이었다. 하지만 단순히 어드바이스에 그치는 것이 아니라 대통령에게 직접 정책제안을 할 수도 있었다.

재건위원회는 매주 초에 한 번씩 청와대에서 열리며 월 1회, 그러니까 마지막 주에 대통령이 참석한다.

대통령은 토론을 좋아하는 편이었다. 대통령이 토론을 좋아한다는 것은 상대의 의견에 귀를 기울인다는 것을 의미하기 때문에 래호로서는 다행스러운 일이었다. 토론을 통해 의견을 모아가는 것은 매우 중요한 일이다. 토론 과정에서 의제의 타당성이 자연스레 검증되기 때문이다.

재건위원들의 면면을 살펴보자면 하나같이 훌륭한 사람들이었다. 최고명문대를 나왔고 대부분 해외 명문대에서 유학생활을 했을 뿐만 아니라 지금도 대학에서 학생을 가르치고 있거나 최고경영자로서 기업을 운영하는 CEO, 혹은 정권창조에 혁혁한 도움이 된 대통령과 친분이 돈독한 사람들이었다.

▸▸▸

청와대 집현실에서 열린 경제정책재건회의 첫 모임은 대통령이 재건위원들에게 위촉장을 전달하는 것으로 시작되었다. 대통령은 해외출장으로 참석하지 못한 두 명을 제외하고 28인의 재건위원들에게 일일이 위촉장을 나눠주었다. 그러고 나서 대통령과 기념촬영이 있었다. 청와대 소속 사진기자는 대통령을 중심으로 재건위원들을 일일이 서게 한 후 사진 촬영을 했다. 사진 촬영 동안 대통령은 농담을 해가면서 분위기를 띄웠다. 사실 청와대는 상당히 경직된 분위기가 늘 누르고 있는 곳이었다. 그곳에서 쉽게 농담을 할 사람은 없었다. 그 권한이 주어진 것은 오로지 대통령 한 사람밖에 없는 듯했다.

위촉장 전달식이 끝난 후 곧바로 회의에 들어갔다.

회의에 앞서 대통령의 인사말이 있었다. 인사말은 짧고 간결했다. 하지만 재건위에 대한 대통령의 기대, 더 나아가 경제회복에 대한 대통령의 의지를 충분히 읽을 수가 있었다.

그리고 곧바로 KDI 원장이 최근 경제동향에 대한 브리핑을 했다. 현 경제의 답보상태가 국내문제보다는 세계경제와 밀접하게 연결되어 있어 어쩔 수 없다는 부분을 강조하는 내용이었다. 일정 부분 그것은 맞는 말이기도 했다. 이어 경제부총리가 시민의정부의 경제정책 방향에 관한 보고를 했다. 경제부총리는 시민의정부에 잔뜩 힘을 주었다. 여타 정부와 차별성을 두고자 하는 노력과 흔적이 엿보였다.

청와대에서 미리 재건위 개최일시와 함께 각 위원들에게 토의내용에 관한 안건이 전달된 터라 각 위원들은 각자 발표 주제에 대해 미리 발표준비를 하고 참석을 했다.

회의는 대통령이 주재하는 자리이고 또 첫 모임이라 그런지 상당히 경직되어 있었다. 위원들은 무뚝뚝하고 사무적인 어투로 자신의 주제에 걸맞은 자신의 의견을 발표해 나갔다.

먼저 나 위원이 나섰다.

"대기업의 투자분이 우리나라 전체 투자의 40퍼센트에 육박합니다. 대기업이 마음껏 투자를 할 수 있는, 말하자면 노사안정같이 기업하기 좋은 투자환경을 정부에서 나서서 마련해 주어야 한다고 봅니다."

나 위원이 발표를 하는 동안 나머지 위원들은 잠자코 고개를 숙이고 발표를 듣거나, 배포된 인쇄물을 뒤적였다. 우렁우렁 울리는 발표자의 마이크 소리와 더불어 사각사각 종이가 넘어가는 소리, 옷이 부스럭거리는 소리, 가끔 헛기침하는 위원들의 소리가 적막을 타고 들려왔다.

접견실에서 대기할 때 재건위원들에게 미리 인쇄물이 나눠졌다. 인쇄물에는 각 재건위원들에 관한 상세한 기록이 담겨 있었다. 출신학교, 과거 이력, 저서, 논문집, 수상 여부와 함께 재건위원들의 소개글이 상세하게 적혀 있었다. 물론 거기에는 음주운전이라든가 세금체납, 전과기록 같은 것은 없었다.

재건위원들은 하나같이 흠흠, 헛기침을 하면서 자신들에게 주어진 인쇄물에 머리를 박고 읽기에 여념이 없었다. 그러고는 가끔씩 주위 사람들을 흘끔흘끔 안경 너머로 살피는 것이었다. 그중 몇몇의 시선이 래호의 얼굴에 박히기도 했다. 래호는 그 사실을 본능적으로 알고 있었지만 무시하고 인쇄물을 읽어 내려갔다.

래호의 이력을 설명하는 곳에 '1997년 외환위기 예측'이라는 부분이 또렷이 박혀 있었다. 1997년 외환위기 예측마저 재건위원들에게는 별 대수롭지 않은 이력으로 보이는지 관심을 보이는 사람이 없었다. 이미 그것은 호랑이 담배 피던 시절의 이야기가 아닌가 생각하는 듯했다.

나 위원의 발표가 끝나고 다음으로는 이정일 위원의 발표가 있었다. 래호는 누구보다도 이 위원의 발표를 관심 있게 지켜보았다. 재건위 위촉 당시 대통령은 래호에게 누가 경제부총리로서 적합한지를 슬쩍 물어본 적이 있었다. 그때 래호는 지금 주제발표를 하고 있는 이 위원을 지목했다. 그는 신자유시장의 주창자로서 안목 있는 경제학자인 동시에 실무경험을 두루 쌓은 실력파였다.

"개방경제하에서는 어쩔 수 없이 디플레가 진행되게 마련입니다. 때문에 기업이 초과이윤을 내는 데에는 어려움이 큽니다. 또한 주택과 주식시장 같은 실물경제에서 예상치 않은 버블이 발생할 가능성이 크므로 항시 적절한 감시체계를 만들어 작동시켜야 합니다. 그것이 미래의 불행을 막을 수 있는 유일한 방법입니다."

이심전심이랄까. 어쩐지 래호는 이 위원과 상통하는 면이 있었다. 자신이 할 말을 대신 해준 것 같았다. 위기는 언제 어디서나 찾아올 수가 있었다. 이러한 위기를 감시할 수 있는 시스템을 구축하지 않고서는 제2, 제3의 외환위기를 맞을 수밖에 없는 것이 취약한 한국경제의 현실인 것이다.

몇몇 위원을 거쳐 래호 차례가 되었다. 래호는 미리 준비해 온 자료를 펼쳤다.

그때 대통령이 불쑥 나섰다. 모든 위원들이 고개를 들고 대통령을 바라보았다.

"김래호 위원은 1997년 외환위기를 1995년도에 예측했습니다. 우리 경제학자 중에서도 이처럼 훌륭하신 분이 있다는 건 매우 다행스러운 일입니다."

그리고 대통령은 래호에게 안건을 발표할 것을 손으로 넌지시 주문했다.

래호는 준비해 온 자료를 바탕으로 천천히 주제발표에 들어갔다.

"사르트르는 인간의 미래는 인간이다, 라고 했습니다. 이 말은 경제학에서도 통용되는 말입니다. 경제의 중심은 자본이 아니라 인간입니다. 우리는 지난 1997년 당시 심각한 구조조정을 단행했습니다. 모두들 그때 우리가 위기를 넘긴 것은 IMF자금지원과 구조조정 덕분이라고 생각하고 있습니다. 하지만 그 구조조정에는 인간이 제외되었습니다. 인간이 배제된 구조조정과 개혁으로 수많은 서민이 집을 잃고 길거리에 나앉았으며 수많은 실직자가 발생했습니다. 이렇듯 인간이 배제된 경제정책에는 항상 비극이 뒤따르게 마련입니다. 인간이 배제된 경제정책은 차라리 하지 않는 편이 나은 것입니다."

래호는 다른 위원들에 비해 다소 긴 시간 동안 주제발표를 했다.

마침내 래호의 순서가 끝나자 대통령은 가만히 고개를 끄덕였다. 그것이 래호의 의견에 동감을 한다는 것인지, 자신의 선택이 옳았다는 것인지 래호로서는 알 수가 없었다.

위원들의 주제발표가 끝나고 다시 대통령의 정리가 있었다. 대통령은 재건위원들의 발표를 하나하나 체크하면서 다시 한 번 점검하고 새겨듣겠노라고 말했다.

회의가 끝나고 대통령과 배석했던 정부 관료들이 모두 퇴장하고 재건위원들만 남게 되었다. 그러자 누군가 침묵을 깨고 입을 열었다.

"다시 외환위기 같은 것이 올까요?"

대한경제인연합회 소속이며 현 삼영그룹 명예회장으로 있는 전 위원이었다.

다소 소란스러운 분위기 속에서 정리를 하고 일어서려는 사람들의 눈이 일시에 전 위원의 입을 바라보았다. 그는 재건위원들과 이미 친분이 두터운 듯 보였다.

"그런 일은 절대 없을 겁니다. 외환위기라뇨? 그거 하나 막자고 민관군이 힘을 합쳐 지금까지 온 것 아닙니까. 당치도 않은 소리지요."

래호는 그가 누군지 알 수가 없었다. 나중에 알고 보니 중소기업연합회장이며 전국구 출신 국회의원인 박 위원이었다.

"그렇지요, 외환위기 같은 건 우리나라에서 다시 반복될 일이 없을 겁니다."

누군가 맞장구쳤다. 그는 다시 2000억 달러가 넘는 외환잔고를 들먹였다. 2000억 달러는 든든한 둑이었다. 그러나 외화를 많이 확보하고 있다고 해서 외환위기가 오지 않는다는 것은 안일한 생각이다.

"외환위기가 없으려면 일본 정도의 경제 규모가 되어야 합니다."

래호의 한마디에 재건위원들은 큼큼거리며 헛기침을 해댔다. 자신들의 우정 어린 공감대를 깨트린 자에 대한 무언의 경고였다.

물론 일본에도 외환위기가 온 적이 있었다. 일본이 장기적인 경제침체에 빠지자 미국의 투신사들이 일본 공격에 나섰다. 일본으로서는 제2의 히로시마 원폭과 맞먹는 충격적인 일이었다. 일본은 즉각 대응태세에 나섰다. 그 방식은 사무라이 정신과 비슷했다. 칼을 빼든 이상 둘 중 하나는 죽어야 했다. 일본은 죽기 살기로 미국의 헤지펀드와 맞섰다. 당시의 재무대신 다니가키는 각 은행장과 금융기관 기관장들을 모아놓고 미국의 헤지펀드에 결사적으로 맞서라는 추상 같은 명령을 내렸다. 일본의 중앙은행은 공격적인 환율방어에 나섰다. 1분마다 10억 엔씩, 24시간 동안 엔화를 매도하고 달러를 매수했다. 그것을 35일간 계속했다. 35조 엔이라는 천문학적인 자금을 동원해 엔화를 팔고 달러를 매수했던 것이다. 결국 미국의 헤지펀드를 조성했던 미국의 투신사와 직간접적으로 관련된 기업 중 2000개가 도산하고 투신사에 근무하던 미국인들의 자살자가 속출했다. 완벽한 일본의 승리였다. 일본이 승리한 요인은 단지 자본의 크기로 말할 수는 없다. 그들은 추상적인 의미의 죽기 살기가 아니었다. 그들은 자신들이 지닌 국채는 물론 국가예산까지 총동원시킬 작정이었다. 국가예산까지 동원한다는 건 만일 미국의 헤지펀드를 못 막는다면 전 국민이 자살하겠다는 것과 똑같은 얘기이다. 일본은 미국의 헤지펀드에 맞서 하루에 1조 엔씩 쏟아 부었던 것이다. 이후로 미국은 물론 세계의 헤지펀드들 사이에서는 일본을 건드리는 것은 자살행위와 똑같다는 경구가 생겼다.

하지만 얼마 지나지 않아 일본인들은 자신들이 물리친 것이 다름 아닌 자기 자신들이라는 것을 깨달았다. 미국에 묶여 있는 일본 자금으로 일본 본토를 공격한 것이었다. 이들을 뒤에서 조종한 것은 유태인 금융그룹이었다. 그들은 손도 대지 않고 코를 풀려고 하다가 워낙 일본의 저항이 심하자 뒤로 물러선 것이었다. 일본은 그들이 자신들을 공격한 이유를 알지 못했다. 유태인들과 일본인들은 전후 모종의 묵계가 있었다. 그 묵계가 깨진 것은 충격적인 일이었다.

"모르긴 몰라도 헤지펀드들이 다시 공격해 올 겁니다. 그들은 이미 97년도에 우리나라에서 재미를 봤지요. 그때 돈맛을 본 사람들이 다시 오지 않는다고 장담할 수는 없습니다."

"경제란 막연한 추측으로 이루어지는 것이 아닙니다. 아시겠지만 증명이 필요하지요. 우리에게는 2000억 달러라는 증명된 방패가 있습니다."

래호의 말에 김 위원이 반론을 제기했다.

결국 2000억 달러도 상당부분 차입금이 아닌가. 적의 방패로 적을 막겠다는 것은 엄연한 모순이었다.

"외환잔고가 많다는 것이 오히려 해가 됩니다. 우리나라의 적정 외환잔고는 400억 달러면 족합니다. 지금 우리는 오버하고 있는 겁니다."

래호는 지지 않고 말했다.

1997년 IMF는 국민 개개인에게 정신적인 내상을 입혔다. 그것은 정책입안자, 대학교수, 기업인 모두에게 마찬가지였다. IMF는 악몽이었고 6 · 25 이후 최대의 국가위기체제였다. IMF체제는 넘겼지만 이후 한국인들은 필요 이상 과잉방어에 나섰다. 대표적인 것이 외환잔고였다. 2000억 달러는 지나치게 많은 금액이다. 2000억 달러를 지니고 있으므로 해서 발생되는 이자와 부대비용만도 일 년에 10조 원가량 된다. 10조가 일 년 동안 연기처럼 사라진다. 10조는 공장을 수백 개 건설할 수 있는 돈이다. 지나친 외화잔고를 보유함으로써 경제의 발목을 잡고 있다. 차라리 적당히 외환잔고를 보유하고 있다가 일본처럼 국가예산을 총동원해서라도 환율방어에 나서겠다는 적극성이 필요하다. 문제는 지지 않는 싸움을 하는 것이다. 사실 헤지펀드들에게 400억 달러나 2000억 달러나 큰 차이는 없다. 문제는 자신이 공격하는 나라의 대응 강도가 어느 정도인가이지 외환잔고의 수치가 아닌 것이다.

"둑을 낮추면 물이 넘쳐 들어오는데 도대체 무슨 말인지, 원."

얼굴이 두툼하고 눈이 예리하게 생긴 청강대학 교수가 래호를 흘기듯 바라보며 일갈했다. 그것을 신호로 재건위원들은 자리에서 모두 일어나 퇴장을 하기 시작했다

위원들은 뿔뿔이 흩어졌다. 저마다 차를 타고 청와대를 빠져나갔다. 하지만 그들은 어디 모처에서 다시 규합을 가졌다. 래호만 그 사실을 몰랐을 뿐이다.

청와대 접견실 복도를 지나다가 래호는 성구를 만났다. 성구는 한때 다산경제연구소를 들락거리던 청년들 중 하나였다. 예의 바르고 성실한 그는 국제금융을 전공한, 세계자본 흐름에 정통한 실력자였다.

그가 래호를 알아보고 인사를 건네왔다.

"선생님 안녕하세요?"

"어, 성구구나."

그는 래호가 재건위원으로 발탁된 사실을 모르고 있었다. 재건

위원 명단을 우연히라도 봤을 텐데 그가 몰랐다는 것이 이해되지 않았다.

뜻밖의 만남에 래호는 무척 반가웠다. 고립무원인 청와대 안에서 그를 만난 건 뜻밖의 행운이었다. 게다가 그는 경제정책 연구원이었던 것이다.

래호는 성구와 연락처를 주고받았다. 평소에 래호가 많은 자료를 갖고 있다는 것을 알고 있었던 그는 언제든 필요한 자료를 좀 부탁한다고 했다. 그것은 당연한 일이었다. 래호는 알겠다고 했다.

"언제 시간 나면 술이라도 한잔 하자."

"네, 선생님."

그는 별로 술을 좋아하지 않는 친구였다. 하지만 인사치레가 아닌 진심 어린 대답을 하는 것 같았다.

뜻밖에 래호는 우군을 만났다. 그가 행시에 합격해 행정관으로 일하고 있다는 건 알고 있었지만 청와대에 진출해 있다는 건 뜻밖이었다. 청와대 진출은 단지 실력만으로는 부족하다. 플러스알파가 있어야 한다. 바로 정치적인 배경을 말하는 것이다. 과연 그에게 어떤 정치적인 배경이 있는지 알 수가 없고 또 그것은 래호에게 그다지 중요한 일도 아니었다. 앞으로 서로 경제정책에 대해서 정보를 주고받고 의견을 나눌 수 있다는 것만으로도 래호로서는 만족스러운 일이었다.

# 출정식

교토의 로쿠온지사 킹가쿠지는 조용했다.

향내가 그득한 킹가쿠지에는 미시마 츠요시의 아버지, 미시마 유키오의 위패가 있었다.

미시마 츠요시는 아버지의 위패 앞에 참배를 하고 나서도 한참 동안 아버지의 위패를 바라보며 서 있었다. 아버지 미시마 유키오는 1970년 일본정신의 부활을 외치며 자위대원들과 쿠데타를 일으켰다. 하지만 쿠데타에서 실패한 후, 미시마 유키오는 현장에서 할복자살을 했고 미시마 유키오를 따르던 자위대원이 고통을 덜어주기 위해 일본도로 그의 목을 내리쳤다. 살아생전에는 노벨문학상 수상작가 후보로 거론될 정도로 천재작가였던, 그리고 사후 극렬 군국주의자로서 역사에 기록된 그였다. 하지만 미시마 츠요시에게 아버지의 존재는 남달랐다.

미시마 츠요시는 태어나기 전에 아버지를 잃었다. 말하자면 유복자였던 것이다. 때문에 아버지에 대한 기억이 전무했다. 하지만 아버지의 존재는 그가 성장할수록 새롭게 다가왔다. 새롭게 다가선 아버지는 그에게 새로운 인생의 지표를 열어준 셈이었다. 만일 그에게 아버지란 존재가 없었다면 그 또한 세상을 남들과 별다르지 않게 살아갔을지도 몰랐다.

미시마 츠요시는 위패에 참배를 한 후 주지와 함께 다실로 갔다. 주지가 안내한 다실은 이엉으로 지붕을 만들고 벽에는 짙은 황토흙을 석회와 이겨 바른, 자연의 냄새가 물씬 나는 장소였다.

이곳에서 20년째 주지 생활을 하고 있는 쇼코쿠지는 덕망이 높아 신도들에게 살아 있는 생불이라고 불리는 인물이었다.

"오실 줄 알았습니다."

주지는 다시 한 번 미시마 츠요시에게 고개를 깊숙이 숙여 합장을 했다. 그 역시 주지에게 합장을 하며 인사를 했다.

자리에 앉자마자 주지는 이로리라는 붙박이 화덕 숯불에 불을 붙이고는 찻물을 끓일 준비를 했다. 그리고 곧 동자가 들어와서 간단한 회석 요리로 상차림을 했다. 미시마 츠요시는 주지와 함께 요리를 맛나게 먹었다. 식사가 끝나고 상이 치워지자 주지가 엷은 맛이

나는 박차를 찻잔에 따랐다. 15세기에 만들어졌다는 그 보물급 찻잔은 어딘지 투박했다. 투박한 대신 미끄럼이 없어 쥐기에는 편했다.

미시마 츠요시는 다도에 맞게 천천히 차를 음미하듯 마셨다.

"요즘도 아버지를 찾아오는 사람들이 있습니까?"

"그렇습니다. 아버님을 기리는 사람들의 발길이 아직도 끊이지 않고 있습니다."

미시마 유키오를 찾아오는 사람들은 대개 나이가 지긋한 노인들이었다. 개중에 가끔 찾아오는 젊은 사람들이란 미시마 유키오의 작품을 읽고 감동을 하여 호기심에 찾아오는 사람이 전부였다. 나이 든 사람들, 즉 대일본무도회大日本武道會, 야마도 민족주의협회, 또는 태평양 전쟁 참전 동지회 같은 사람들만이 진짜 아버지의 가치를 알고 찾아오는 사람이라고 미시마 츠요시는 생각했다.

그를 후원하고 미시마 츠요시가 이 자리에 서기까지 물심양면으로 도와주는 사람들 역시 그쪽 사람들이었다. 하지만 이제야 미시마 츠요시는 과연 그 사람들도 진짜 아버지의 정신을 알고 있는 것일까 하는 의문이 들었다. 왜 그 당시 천재작가가 자위대원들과 쿠데타를 일으키고 할복자살을 해야 했는지 그 사실을 정확하게 아는 사람은 과연 몇이나 될까 궁금했다.

"그나마 아버지를 잊지 않고 찾아오는 사람들이 있다는 것이 다행스럽습니다."

"일본이 존재하는 한 아버님은 잊히지 않을 겁니다."

'일본이 존재하는 한' 이라는 주지의 말이 새삼스럽게 미시마 츠요시의 가슴 한복판에 비수처럼 꽂혔다. 일본이 존재하는 한, 그렇다면 지금의 일본은 아버지가 바라는 일본, 혹은 일본정신이 살아 있는 일본인가? 아버지의 쿠데타는 실패했다. 이후로 아버지가 꿈꾸는 일본은 잊혀졌다.

"이번에 한국에 가게 되었습니다. 혹시 아버님께서 한국에 가보신 적이 있으신지요?"

미시마 유키오는 살아생전 주지와 친분이 두터운 사이였다. 때문에 누구보다도 주지는 미시마 유키오의 행적을 잘 알고 있었다.

"종전 전에 만주까지 여행을 다녀온 적이 있습니다. 그때 서울과 평양을 거친 것으로 알고 있습니다."

미시마 츠요시로서는 새로운 사실이었다. 이미 아버지가 조선에 다녀온 적이 있었다는 말은 금시초문이었던 것이다. 하지만 아버지는 물론 당시 지식인치고 조선을 다녀오지 않은 사람은 드물었다. 이웃집 가듯 훌쩍 다녀오곤 하던 곳이 조선이었다. 더욱이 식민지 조선은 방문 때마다 일본인으로서의 자긍심을 자각시켜 주었으므로 조선 여행은 하나의 자랑거리였다.

"조선을 다녀오신 아버지께서 뭐라 말씀하시던가요?"

"한마디로 지저분한 곳이라고 했습니다."

"지저분하다고요?"

미시마 츠요시는 소리를 내어 웃었다. 의외의 답변이었다.

"길이란 길은 모두 진흙탕이고, 사람들의 행색은 거지와 다름없었으며, 짐승과 사람이 구분 없이 살고 있는 곳이라고 했습니다."

"그렇겠군요. 아버지께서 의당 그런 말씀을 하실 만합니다. 하지만 지금 문명화된 그들을 보고 아버지가 뭐라 하실지 궁금합니다. 만일 아버지가 살아 계셨더라면요."

"글쎄요. 결국 그들을 깨우친 것도 우리 일본인이 아니겠습니까?"

"그들을 깨우친 것은 우리 일본인들이지만 그들을 키운 것은 일본인이 아닙니다. 유태인들이지요."

"그렇습니까?"

주지는 새로운 사실을 알았다는 듯이 미시마 츠요시를 바라보았다.

"여태까지는 그랬습니다. 하지만 이후로는 아닙니다. 제가 그 일 때문에 한국에 가는 것이고요."

"큰일을 하시는군요."

주지는 다시 다소곳이 미시마 츠요시를 향해 합장을 했다. 그는 어쩜 죽은 친구이자 존경하던 옛 인물을 다시 떠올렸는지도 몰랐다.

래호가 민하를 만난 것도 성구를 만난 것처럼 예기치 않은 일이었다. 어느 날 저녁 TV뉴스를 보다가 화면 속에서 민하의 모습을 발견했기 때문이었다.

문화그룹 표성철 회장이 정치자금법을 위반해 검찰에 출두하는 장면에서였다. 표 회장을 둘러싸고 많은 취재진이 법석을 떠는 가운데 취재진 중 낯익은 얼굴이 보였다. 래호는 금방 민하라는 것을 알아챘다. TV에 비친 민하의 모습을 보고 능현리의 민하를 떠올리는 것은 쉽지 않은 일이었지만, 틀림없는 민하였다.

▶▶▶

식사를 마친 래호와 민하는 바깥으로 나왔다. 훈훈한 식당 안에 있다 나와서인지 차가운 바람이 별로 차갑게 느껴지지가 않았다. 게다가 속도 따듯한 형편이었다. 하지만 그것이 얼마나 버텨줄지 모를 일이었다.

둘은 고개 쪽을 향해 읍내를 가로질렀다. 읍내 중간쯤 시장 입구에서 래호는 생각난 듯 민하를 데리고 옷가게 안으로 불쑥 들어갔다. 민하는 영문을 몰라 래호를 바라보았다.

래호는 가게 안에서 털로 짠 분홍색 벙어리장갑 한 세트를 샀다. 래호가 장갑을 내밀자 민하는 어머, 하고 눈을 동그랗게 떴다.

"예쁜 손이 트면 안 되지."

민하는 '고맙습니다!' 하고는 냉큼 받아들었다. 혹시 했는데 아이가 좋아하는 것이었다. 단정한 제복에 튀는 분홍색이 어울리진 않았지만 민하와는 잘 어울렸다. 둘은 다시 고개 쪽을 향해 걸었다.

다방 처마 밑에는 여전히 사람들이 보이지 않았다. 장도 없는 날이라 마을 사람들이 읍에 나올 일이 별로 없고 설사 병원에 갈 일 같은 급한 경우라도 재빨리 돌아갔을 것이었다. 읍내에 남아 있는 능현리 사람은 래호와 민하 둘밖에 없는지도 몰랐다.

막상 고개를 넘으려 하자 래호는 민하의 차림이 걱정되었다. 우선 양손은 처리했다지만 민하의 두 발이 문제였다. 학생화를 신고 눈 속을 헤치며 고개를 넘는다는 것은 어쩜 무모한 일이었다. 고개 중턱쯤 올라가서 신발과 양말이 눈에 젖어 얼어버릴 게 분명했다.

래호는 곰곰 생각하다가 아무래도 안 되겠다 싶어 근처 가게로 들어갔다. 그곳에서 새끼줄과 비닐봉투 몇 장을 얻어왔다.

"이건 뭐 하려고요?"

"이대로 가다간 발에 동상 걸린다."

래호는 민하의 발에 비닐봉투를 씌우고 새끼줄로 동여맸다. 겨울이면 산골짜기에는 눈이 많이 내렸다. 눈이 많이 내릴 때마다 동네 어른들은 마실을 가거나 읍내에 가기 위해 고개를 넘어갈 때는 비닐로 발을 감싸고 미끄러지지 않게 새끼줄을 동여매곤 했다.

"창피해요."

"뭐, 창피해? 날도 깜깜해질 텐데. 산속에서 누가 봐?"

"선생님이 보잖아요."

"어렸을 때 너 똥 싸는 것도 봤는데 어떠니."

"어머, 선생님!"

래호는 아이가 새침해지는 모습이 재밌어 자꾸 놀리고 싶어졌다.

래호는 자신의 신발에도 비닐봉투를 씌우고 새끼줄을 감았다. 두텁고 질긴 비닐을 얻어와서 쉽게 찢어지지는 않을 것이다.

두 사람은 고개를 오르기 시작했다. 새끼줄을 감았다지만 신발굽이 비닐과 닿아 미끄러웠다. 그때마다 민하는 화들짝 놀라 소리를 질렀다. 래호가 손을 내밀었지만 민하는 쉽사리 잡으려고 하지를 않았다.

그러다가 한번 크게 넘어져 무릎을 찧은 뒤로는 래호의 손을 스스럼없이 잡게 되었다. 어쩜 손을 잡기 위해 넘어질 때까지 기다렸는지도 모를 일이었다. 내친김에 래호는 민하의 책가방을 빼앗아 들었다. 가방이 보기보다 묵직했다.

읍내는 점점 멀어졌다. 다행히 고갯길 위로 누군가 먼저 지나간 모양이었다. 그들은 하얀 눈밭 위에 찍힌 발자국을 안내선삼아 걸음을 옮겼다. 민하의 숨소리가 쌔근쌔근 귓가에 들려왔다. 풋내나는 숨소리가 건강해 보였다. 그녀의 심장과 허파와 내장 근육이 비벼 만드는 숨소리는, 어딘지 탄력이 배어 있었다.

그때 후드득 꿩 한 마리가 가까운 곳에서 날아올랐다. 민하는 기겁을 하고 래호의 품속으로 뛰어들었다. 길가 숲에 몸을 숨기고 있던 꿩이 사람이 다가가자 느닷없이 날아오른 것이다. 꿩의 날개 터는 소리는 언제나 컸다. 덩달아 솔숲 가지에 잔뜩 눌려 있던 눈덩어리가 우수수 떨어져 내렸다.

시골 아이에게 꿩 따위가 두려울 리 없었다. 하지만 어둠 속에서 별안간 날아가는 꿩은 유령만큼 무서운 것이었다. 놀란 아이는 래호의 품에 꿩처럼 고개를 박았다. 그리고 자신이 지금 무엇을 하고 있는지 깨닫고는 얼른 래호에게서 떨어졌다. 래호가 웃자 민하도 따라 웃었다.

"괜찮아?"

"정말 깜짝 놀랐어요."

생각보다 춥지는 않았다. 다방 처마 밑에 서 있을 때와는 달랐다. 가파른 고갯길을 오르자면 온몸의 근육을 움직여야 했다. 근육에서 발산하는 열이 추위를 막았다. 게다가 민하와 손을 잡고 오르는 산은 추울 수가 없었다. 다만 아이가 겨울옷을 제대로 갖춰 입지 못해서 보기에 안쓰러울 뿐이었다. 도저히 참을 수가 없다 싶자, 래호는 외투를 벗어 아이의 어깨에 걸치고 흘러내리지 않도록 단추를 채워주었다.

"선생님은요?"

할 뿐 아이는 거절하지 않았다. 칼날처럼 옷 틈을 비집고 드는 바람이 읍내에 있을 때와는 사뭇 달랐던 것이다.

"부모님이 집에서 기다리시겠다."

"기다리시지 않아요."

"왜?"

"아버지가 밤에는 산을 넘지 말라고 하셨거든요. 만에 하나 늦으면 읍내에 있는 친구네 집에서 자고 오라고 했어요. 별안간 눈이 이렇게 내려버렸으니 친구 집에서 자고 오겠구나 하겠죠."

"친구 집에서 잔 적도 있었겠네?"

"몇 번 일부러 그런 적도 있었어요. 친구랑 밤새 수다 떨고 싶을 때는 그냥 친구 집에서 자요."

"혼나지 않아?"

"혼나긴요? 내가 어린아인가요?"

민하는 줄곧 자신을 아이 취급하는 래호가 불만스럽다는 듯이 볼

멘 목소리로 말했다. 그럴수록 소녀는 아이처럼 보였다.

"진작 말하지. 그럼 이런 고생도 하지 않았을 텐데."

래호는 아이의 행동을 이해할 것 같으면서도 이해할 수 없다는 듯 말했다.

"그렇지 않아도 선생님이 오기 전에 어떡할까 고민 중이었어요. 어차피 눈이 오면 버스는 오지 않을 테고 혼자 산을 넘을 수는 없잖아요."

민하는 래호 때문에 산을 넘기로 결심한 것 같았다. 하지만 래호와 민하는 특별한 친분이 없었다. 래호가 젊은 시절 공부를 가르쳐 준다고 어울리긴 했지만, 아이가 커가면서 내외를 하느라 서로 말도 제대로 나누지 못했다. 민하도 또래의 다른 소녀들처럼 꾸벅 인사를 하면 그나마 다행이었다. 채 인사말을 나누지 않고 웃음으로 얼버무리고 지나치기 일쑤였던 것이다. 그런데도 마음 한구석으로 자신을 의지하고 있었다니 놀랍기만 했다.

"학교를 졸업하면 도시로 나가겠구나?"

"네, 그럴 것 같아요."

"장차 뭘 할 생각이냐?"

이제 비로소 본연의 래호는 선생다운 질문을 해보았다. 아이가 반듯하게 대답을 했다.

"아나운서가 되고 싶어요."

"아나운서라면 TV 뉴스 앵커를 말하는 건가?"

민하는 그렇다고 말했다. 래호는 매일 저녁 TV 뉴스에 나오는 여자 아나운서를 떠올렸다. 하지만 TV 아나운서와 민하는 어딘지 어울리지 않았다. 민하는 시골 소녀였다. 단지 시골 소녀이기 때문에 아나운서와 어울리지 않는다고 생각한 것이 아니라 일반적인 아나운서의 정형화된 모습과 민하가 어울리지 않는다고 생각했다.

"안 될까요?"

민하는 마치 아나운서가 되기 위해서는 래호의 허락을 받아야만 하는 듯이 물었다. 래호의 허락쯤은 간단히 받아낼 수 있다는 자신감이 엿보이기도 했다.

"안 될 것까진 없지."

"제가 좀 덜 예쁘죠?"

래호는 여전히 가파른 언덕을 오르느라 쌔근대는 숨결을 토해 내는 소녀를 바라보았다.

초롱초롱한 별빛 아래, 은은하게 달빛이 반사되는 하얀 눈밭 위를 걷는 민하의 얼굴은 어여뻤다. 도시 아이들 따위의 미모는 아니었지만 건강하고 순진한, 게다가 부끄럼 많은 소녀의 얼굴은 아무리 봐도 아름다운 것이었다.

"네가 덜 예쁘면 누가 예쁘리?"

래호는 농담처럼 말하고 웃어버렸다. 밉다고 할 걸 그랬다라는 후회가 밀려오는 농담이었다.

둘은 고개 정상 가까이 올랐다. 버스를 타면 한달음에 오르고 또 한달음에 내려가는 길이지만 두 발로 버티어대면서 눈길을 쓸어가며 걷는 걸음은 쉽지가 않았다. 혼자라면 힘들고 더딘 산행이었을 것이다.

드디어 고개 정상에 올라섰다. 내려갈 일만 남았다. 정상에서 부는 바람은 차가웠다. 하지만 뜨거운 열기를 식히는 차가움이었다. 돌아서서 방금까지 머물던 읍내를 바라보았다. 가뭇가뭇한 불빛이 읍내에 듬성듬성 보였고 희미한 백색 가로등이 읍내 중앙을 가로지르고 천왕산 터널 쪽으로 자로 그은 듯 쭉 뻗어 있었다. 읍내의 불빛은 태반 읍내를 가로지른 가로등 불빛에 의지하는 듯했다.

"마음만 예쁘면 모든 게 다 예쁘지, 안 그래?"

"치, 남자들은 다 그러더라."

민하는 남자란 게 겉으로는 마음 어쩌고 하면서 결국 예쁜 여자만 찾는다는 것이었다. 그녀가 비난하는 것은 솔직하지 않은 남자들의 심리였다.

"그런 남자도 있고 저런 남자도 있는 거지. 다 그런 거는 아니잖아."

마치 자신이 민하가 말한 대표적인 사람이라도 되는 양 래호는 항변하는 투로 말했다.

고개를 내려오는 일은 오르기보다 더 어려웠다. 길이 미끄러웠다. 둘은 손을 마주잡고 있어서 한 사람이 넘어지면 함께 넘어질 수밖에 없었다. 넘어지는 일이 반복되자 나중에는 재미가 되었다. 엉덩이를 눈 위에 대고 숫제 미끄럼을 타면서 내려가기도 했다.

그럴 적마다 민하는 어릴 때 친구들과 뒷산에서 미끄럼을 타는 것처럼 즐거워했다. 옷이 구겨지건 더럽혀지건 상관 않는 것 같았다.

산모롱이를 돌자 마을이 보였다. 산 아래 마을이 부채모양으로 펼쳐진 채 마을 군데군데 켜진 방범등과 아직 잠 못 든 누군가가 책을 읽고 있는지, 혹은 TV를 보면서 아나운서의 뉴스를 듣는지 불이 켜져 있었다.

비로소 래호는 고향에 돌아왔다는 것을 실감했다. 마을의 불빛을 보고 나서야 자신이 왜 여기에 왔는지 정신이 드는 것이었다. 그는 이 년 만에 고향에 찾아왔다. 딱히 할 일이 있거나 볼일이 있어서 고향을 찾아온 것이 아니었다. 그저 본능처럼 자신의 뿌리를 확인하고 싶어서 능현리를 찾아온 것이었다.

"선생님은 결혼하셨어요?"

"했을 것 같니?"

"글쎄요."

민하는 잠시 래호를 바라보고는 훗, 웃었다. 노려보는 듯하다가 웃어버리자 래호는 잠시 갈피를 잡지 못했다.

"왜?"

"안 했네요."

"뭘 보고 그러지?"

"얼굴에 씌어 있어요, 노총각."

하고 민하는 신난 듯이 웃어댔다. 얼음 영그는 소리처럼 맑고 투명한 웃음소리였다.

래호는 한 번도 고향에 여자를 데려온 적이 없었다. 명절 때 혼자 고향에 내려오면 영락없는 홀아비라는 것을 아이들은 금세 눈치를 챈다. 게다가 시골에서는 이웃집 사정을 자기 집보다 더 잘 알고 있다. 뒷마루에, 사랑방에 앉은 노파들의 관심사는 대개가 타지에 나간 아이들에 관한 것이었고 자신이 들은 이야기를 하나도 빠트리지 않고 집으로 돌아와 그대로 전해 주는 것이었다.

"애인은 있으세요?"

아이는 산을 오를 때와는 달리 많이 명랑해져 있었다. 어렸을 적 코를 훌쩍이고 언니의 치맛자락을 붙들고 조용히 앉아 있던 아이라곤 믿어지지 않았다. 무엇이 아이를 명랑하게 만들었는지 래호는 알지 못했다.

래호가 아무 말을 않자 여자아이가 조심스럽게 덧붙였다. 자신의 질문을 후회하는 듯한 말투였다.

"애인 따위는 아무래도 좋아요. 선생님은 얼마든지 여자를 사귈 수 있는 거잖아요, 그렇죠?"

아이는 마을회관에 코흘리개 아이들을 모아놓고 공부를 가르치던 청년을 아직도 커다란 거인처럼 보는 모양이었다. 아니면 아직은 세상 물정 모르는 산골 소녀였다.

멀리 눈길 끄트머리에 표지석이 눈에 들어왔다. 고개를 내려오면 어른 키보다 큰 표지석이 보인다. 바윗돌은 보는 것만으로 마을을 가리키는 이정표 구실을 했다. 말하자면 마을 입구에 다다른 것이었다. 마을 입구에 서자 아이가 슬그머니 손을 놓았다.

"어때, 그럼 떨어져서 갈까?"

"안 돼요, 무서워요."

마을의 어둠은 오천 년 전이나 지금이나 사람들을 두렵게 했다.

아이는 말을 앓고 있었지만 마을의 어둠을 무서워하고 있었던 것이다.

마을을 가로지르는 차도에도 어둠이 쌓여 있었고 어둠 아래 괴괴하게 하얀 눈길이 이어지고 있었다. 눈은 산골에서 단절을 의미했다. 눈이 내리면 마을은 쥐 죽은 듯이 침묵 속에 빠져들었다. 우선 차가 다니는 고갯길이 끊기기 때문이기도 하지만 마을 사람들 또한 눈 내리는 날에는 외출을 삼가고 대부분 곰처럼 집에 틀어박히기 때문이었다.

둘은 나란히 서서 마을을 향해 천천히 걸어갔다. 신발을 동여맸던 새끼줄은 어느새 풀려 있었고 비닐마저 찢기어 어디론가 달아나 버렸다. 새끼줄과 비닐은 시간과 같은 것이었다. 시간이 흐르면 자연 길 위에 쌓인 눈도 사라지고 다시 검은 도로가 나타날 테고 마을 사람들은 하나 둘 모습을 드러낼 것이다. 누구네는 안녕한가, 하고 가까운 이웃을 찾아다닐 것이다.

"이젠 됐어요."

민하는 자신의 몸에 두르고 있던 래호의 외투를 비로소 건네주었다. 이제는 주인에게 외투를 돌려줄 시간이 된 것이었다.

다행히 마을 중간에 진입할 때까지 마을 사람은 보이지 않았다. 설사 누구의 눈에 띄었다 해도 가까이 다가와 얼굴을 들이대든가 불빛을 깊숙이 들이대지 않는 한 알아차릴 수가 없는 일이었다. 그만큼 마을을 뒤덮고 있는 어둠의 농도가 짙었다.

민하의 집까지 거의 다 왔다. 민하는 말 대신 꾸벅 인사를 하고는 자신이 사는 집을 향해, 다리 쪽으로 천천히 걸어갔다. 길에서 갈라지는 샛길을 타고 냇가 다리를 건너 산 아래까지, 이백여 미터가 되는 길을 걷는 것이었다.

래호는 잠자코 선 채 소녀가 어둠 속으로 사라지는 모습을 지켜보았다. 그리고 마침내 소녀가 자신의 집 마당에 들어서서 이쪽을 향해 커다랗게 손을 흔드는 모습을 간신히 알아챘다. 어쩌면 소녀는 손을 흔들지 않았을지도 모른다. 하지만 침침한 꾸벅꾸벅 조는 듯한 가로등 불빛 아래 눈밭 위에 선 소녀의 모습을 찾아내는 것은 어렵지 않은 일이었다. 잠시 후 소녀는 꿈결처럼 사라졌다. 그리고 래호는 자신의 집을 향해 되돌아서서 어둠 속을 걷기 시작했다.

▶▶▶

래호는 민하가 어느 신문사 소속인지 알 수가 없었다. 래호는 다음날 가판대에 나온 신문을 모조리 사들인 뒤 기자들의 이름을 죽 살펴보았다. 과연 〈세민일보〉에 민하의 이름으로 올라온 기사가 있었다.

래호는 세민일보사 데스크에 전화를 걸었다. 그녀는 자리에 없었다. 민하의 전화번호를 물었다.

"누구신데 그러십니까?"

래호는 신분을 밝히고 자신의 이름을 댔다. 그러자 데스크에서는 무슨 일 때문에 그러느냐고 꼬치꼬치 물었다. 혹시 기사에 불만을 품고 압력을 넣는 것이 아닌가 생각하는 것 같았다.

"동향 사람이에요. TV에 얼굴이 나와서 한번 통화 좀 해보고 싶을 뿐 딴 뜻은 없습니다."

그제야 데스크에서는 민하의 전화번호를 가르쳐주었다.

래호는 몇 번 망설인 끝에 민하에게 전화를 걸었다. 전화를 받는 민하의 목소리가 낯설었다. 과연 이 아이가 자신을 기억하고 있을까 의문스럽기도 했다. 그날 민하와 눈 고개를 넘은 이후 래호는 민하를 한 번도 만나본 적이 없었다. 고향에 가도 민하와 관련된 소식을 알 수도 없었고 묻지도 않았다. 들려오는 이야기론 민하가 서울에 있는 대학교에 들어갔고 학교에서 가까운 친척집에서 학교를 다닌다는 것이 마지막이었다.

"여보세요?"

다시 한 번 민하의 목소리가 들려왔다. 진짜 민하일까, 긴가민가 했다.

"민하구나. 나다, 김래호."

"누, 누구시라구요?"

"래호라고, 능현리 당아랫집."

전화 저편에서 아, 하는 외마디 소리가 들려왔다. 민하는 기억하고 있었다. 래호는 참 다행스러운 일이라고 생각했다. 그녀가 자신을 기억하지 못하면 어쩌나, 내심 걱정을 하고 있었던 것이다.

래호는 민하에게 간단한 안부를 물었다. 그리고 시간이 나면 한 번 만나자고 했다.

그러나 민하로부터 한 달이 다 지나도록 아무런 연락도 없었다.

대신 민하가 있는 세민일보 정치부에서 전화가 왔다. 부장이 직접 래호에게 전화를 건 것이다.

"한번 만나뵈었으면 좋겠습니다."

재건위원이 정치부기자와 개인적으로 만날 일은 없었다. 래호는 완곡하게 거절을 했다. 그리고 민하가 직장생활 잘하는지 안부를 물어보았다.

"사실 그 때문에 전화를 드렸습니다."

"뭐? 민하한테 문제라도 있는 거요?"

"그게 아니라 이번에 홍 기자를 청와대 출입기자에 넣어주셨으면 합니다."

부장은 만남을 거절당하자 단도직입적으로 용건을 말해 왔다. 솔직한 것인지 도전적인 것인지 구분이 가지 않는 태도였다.

"그건 그쪽에서 정할 일 아니오? 세민일보사에도 청와대 출입기자가 있을 거고, 멤버를 교체하면 될 텐데요."

하지만 부장은 멤버를 교체하자는 것이 아니라, 출입기자를 한 명 더 늘려달라는 것이었다. 메이저 신문이 아니라고 무시당하는 자신들이 억울하다는 것이다.

"사실 이것은 지나친 요구가 아닙니다. 저희 신문사가 메이저가 아니라는 이유로 차별을 받는다는 것은 형평성에 어긋납니다. 저희도 출입기자를 늘릴 수 있게 해주시기 바랍니다."

부장의 이야기를 듣고 보니 딴은 일리가 있는 말이었다. 하지만 래호는 그것은 재건위원이 정할 일이 아니라 직접 청와대 언론홍보실에 부탁할 일이라고 했다.

"그쪽에서는 들은 척도 하지 않습니다."

"알겠습니다. 알아보도록 하죠."

민하가 청와대 출입기자 생활을 하게 된다면 래호는 민하를 자주 만날 수 있겠구나 생각했다. 세민일보 데스크에서도 그 점을 노리고 민하를 부탁하는 것 같았다.

래호는 성구에게 전화를 걸었다. 민하 일을 부탁하면서 가급적 출입기자에 넣어달라고 했다. 성구는 어렵지 않은 일이라고, 마침 대학 선배가 청와대 홍보실에 있으니까 이야기를 해보겠다고 했다.

그런 일이 있고 나서 얼마 후 민하에게 전화가 왔다. 민하는 고맙다며 아무튼 여러모로 은혜를 입었으니 자신이 저녁을 사고 싶다고 했다.

"네 뜻이니? 아니면 데스크에서 시킨 일이야?"

"데스크에서 시키지 않았어도 그랬을 거예요."

"그렇다면 좋아."

"어머, 저를 만나기 싫으신가 봐요?"

능현리 민하와 전화 속 여자와는 도무지 연결이 되지 않았다. 세월의 간격은 생각보다 깊고 넓었다.

그날 저녁 래호는 종로에서 민하를 만났다.

약속된 시간에 종각 앞으로 나가니 민하가 나와 있었다. 볼살이 빠져 예전보다 얼굴이 갸름해 보였고 세련된 내추럴 웨이브 헤어스타일, 베이지색 알파카 소재로 된 하프코트를 걸치고 있었다. 어디를 보나 능현리 소녀의 모습은 간곳없는, 성숙하고 당당한 여인의 모습이었다.

가까이 다가가도 민하는 래호를 알아보지 못했다. 래호가 다가가서 손을 내밀자 비로소 흠칫 바라보는 것이었다.

"잘 있었어?"

민하는 웃을 뿐 아무 말도 하지 못했다. 놀라는 표정이 역력했다.

"나, 많이 변했지?"

하고 래호가 웃자 민하는 아니요, 하면서 비로소 래호의 손을 잡는다.

"이젠 진짜 선생님 같은데요, 뭘."

둘은 어깨를 나란히 하고 인사동에 있는 두레라는 전통 한정식 집으로 갔다. 음식을 시켜놓고도 둘은 한참 동안 서먹한 가운데 서로의 안부를 물을 뿐이었다. 십 년이란 간극은 역시 쉽게 뛰어넘을 수가 없었다. 그것을 메우기 위해서는 어느 정도의 작위가 필요했다.

"그날 잘 들어갔어?"

그날, 일이라지만 래호는 어제 일처럼 또렷이 기억하고 있었다. 그러나 민하에게는 멀고먼 아득한 옛날이야기인 듯했다.

"무슨 말씀이세요, 선생님?"

"우리가 읍내에서 눈 고개를 넘던 날, 부모님이 놀라지 않으셨냐는 말이지."

민하 역시 그날의 일을 기억하고 있었다. 하지만 한참 동안 기억을 더듬은 후였다. 그녀는 래호의 도움을 받아 마침내 그날 눈 고개를 넘던 일을 완전히 기억해 냈다.

"그때 부모님이 뭐라 했는지 기억이 나지 않아요."

"선생님은 괜찮으셨어요?"

"나를 누가 신경이나 쓰나. 산이 아니라, 바다를 건너왔다고 해도 그랬냐, 했겠지."

하지만 민하는 전설 같은 옛이야기보다 현안이 중요한 듯했다. 그녀의 현안은 자신을 청와대 출입기자에 넣어준 래호에 대한 사례였다. 그리고 래호가 어떻게 청와대에서 일하게 되었는지 몹시 궁금해했다. 래호는 그동안 자신에게 일어난 일을 간략하게 설명을 했다.

"선생님이 경제연구소를 운영하시는 줄은 몰랐어요. 저는 막연하게 서울에서 학교 선생님을 하시는 줄만 알았지 뭐예요. 아이들도 그렇고, 마을 사람도 그렇고, 다들 선생님이라고 했잖아요."

래호는 교사직을 가진 적이 없었다. 한데 마을에서는 아예 선생이 되고 말았다. 그것은 선생이라는 명예보다도 입에 착 달라붙는 별명과도 같았다.

"청와대에 들어와보니 어때?"

"어안이 벙벙했어요. 데스크에서 나더러 청와대 출입기자가 되었다고 해서 무척 놀랐죠. 나보다 쟁쟁한 선배기자들도 많은데 어떻게 내가 청와대 출입기자가 되었을까. 청와대 출입기자가 되려면 정치부 기자들 중에서도 어느 정도 레벨이 있어야 하거든요. 나중에 그게 다 선생님 덕택이라는 것을 알게 되었어요. 선생님이 청와대 일을 하신다고 해서 깜짝 놀랐어요. 그때는 왜 말씀을 안 하셨죠?"

그때라면 민하가 뉴스 시간에 TV에 나온 것을 보고 래호가 다음 날 전화를 걸던 때를 말하는 것이다.

"대통령 재건위원이 뭐 대수라고. 한두 명도 아니고 수십 명인데."

래호는 정말 대수롭지 않은 투로 말했다. 하지만 민하는 래호가 재건위원이 된 것은 시골 농부가 어느 날 백마 탄 왕자로 변한 것만큼 놀랄 만한 사건처럼 느끼는 듯했다. 래호는 민하가 놀라워하는 것을 보고 재건위원이 된 이후 처음으로 자신의 직책에 대해 자부심을 느꼈다.

"하지만 민하가 청와대 출입기자가 된 것은 전적으로 내 역할 때문이 아니야. 메이저 언론사 위주로 청와대 출입기자단을 꾸린 것이 잘못이지. 형평성에 맞게 중소신문사에도 기자단을 적절하게 배분해야 해."

민하는 말없이 고개를 끄덕였다.

"한데, 어떻게 그곳에서 일하게 된 거야. 민하는 아나운서, 앵커가 되겠다고 했잖아?"

민하는 웃었다. 아직도 래호가 그 말을 기억하고 있는 것을 놀라워하는 눈치였다. 그러곤 새삼 부끄러워했다.

"그랬죠. 그랬어요. 하지만 세상일이 뜻한 대로 되는 것은 아니더라고요."

민하가 씁쓰레하는 것을 보자 래호는 자신이 말실수를 한 것이 아닌가 하는 생각이 들었다. 꿈은 꿈일 뿐이다. 하지만 때론 꿈이 독이 되어 가슴을 찌를 때도 있다. 잃어버린 꿈을 되새길 때가 그렇다.

"신문사 기자가 어때서, 신문사 기자도 뉴스 앵커만큼 괜찮은 일이잖아?"

"선생님이 그렇게 봐주신다면 고마워요. 그때는 어렸고 자신을 잘 모르던 때였어요."

민하는 또박또박 말했다. 정말 뉴스앵커를 가슴에 품을 만큼 정확하고 선명한 발음이라 민하의 바람이 헛된 꿈만은 아니었음이 느껴졌다.

숯불 불고기, 물김치, 그린샐러드, 생야채무침, 쇠고기 된장찌개, 생선구이 등등이 하얀 쌀밥과 함께 나왔다. 둘은 음식을 천천히 먹으면서 이야기를 계속 나누었다.

"술 한잔 하실래요?"

민하가 묻자 래호는 그러자고 했다. 민하는 안동소주를 주문했다. 곧 술이 나왔고 민하는 공손하게 술을 따랐다.

"너도 한잔 할래?"

"네, 그러죠. 선생님, 청와대 출입기자 생활을 하려면 술 좀 마셔야 된다면서요?"

"아무래도 미묘한 사안을 다루는 일이라 술자리가 잦은 편이지. 하지만 예전보다는 덜해. 예전에는 출입기자들 술자리를 책임지는 부서가 따로 있을 정도였다니까. 하지만 지금은 그 정도는 아니고 가끔 한잔들씩 하지."

그때를 대비하기 위한 예행연습처럼 정말 민하는 술을 잘 마시는 시늉을 했다. 하지만 단순한 시늉만은 아닌 것 같았다.

"그러다가 취하면 어쩌려고. 천천히 마셔."

"한데 선생님, 청와대에 들어가면 어딜 먼저 찾아가야 하나요. 프레스센터에 가는 것은 당연한 일이고 또 뭐가 있을까요?"

"각 부서 수석비서관실이겠지 뭐. 기자들이 아침마다 왜 수석비서관실에 진을 치는지 그 이유를 모르겠어. 나야 일주일에 한 번밖에 청와대 출입을 안 하니까 잘 모르겠지만 아침에 가보면 기자들이 항상 수석비서관실에서 진을 치고 앉아 커피를 마시더라고. 슬쩍 들여다보면 기껏해야 수석비서관하고 농담을 주고받는 일이 전부인데 말이지."

"기자들은 눈치가 빨라요. 아무래도 그쪽이 소스 원천지인가 보죠."

때론 대변인실과 언론홍보실에 기자들이 대거 몰려들어 진을 칠 때도 있었다. 하지만 평상시에는 수석비서관실이 번잡했다. 기자들끼리 좋은 자리를 선점하기 위해 경쟁을 하는 일도 있었다. 수석비서관이 왜 그토록 기자들에게 공을 들이는지 래호는 그 이유를 정확히 알 수가 없었다.

"아무튼 수석비서관이 언론에 대해 관심이 많으니까 민하도 수석비서관과 낯을 익히는 것이 좋을 거야. 혹시 알아? 슬쩍 특종을 던져줄는지."

특종이란 말에 민하가 눈을 반짝거렸다. 아무래도 민하는 일에 욕심이 많은 것 같았다. 정말 그런가 하고 래호는 넌지시 넘겨 물었다.

"민하가 지금 나이가 몇이지?"

나이를 묻자 민하는 젓가락질을 하다 말고 래호를 바라보았다.

"스물아홉이에요."

"그래? 그럼 결혼은 했겠구나."

그러자 민하는 웃기만 했다. 빙그레 띠운 미소가 답인 듯했다.

"선생님은 자제분이 몇이나 되세요?"

정작 대답은 않고 오히려 되묻는 그녀의 눈이 보석처럼 반짝거렸다.

"자제? 몇 명 될걸."

"무슨 대답이 그래요."

"그럴 수밖에, 아직 안 낳았는데, 미래에 몇 명이 태어날지 어떻게 알아?"

"결혼을 언제 하셨는데 아직도예요?"

"결혼 안 했어."

"정말요?"

"정말이라니까."

민하는 이해할 수 없다는 표정을 지었다. 그러고는 진지하게 래호를 바라보았다.

"저야, 그렇다치고 선생님이 결혼을 안 하신 이유를 모르겠네요."

생각대로 민하는 결혼을 하지 않았다. 일에 욕심이 많은 사람은 결혼을 미루기도 한다. 그러다가 종종 혼기를 놓치게 되고 영영 결혼과 담을 쌓는 인생을 살게 된다. 남들이 보기에 퍽 이기적인 삶의 방식 같아 보이지만 살다 보면 그렇게 되는 것은 순식간이다. 머뭇머뭇거리다가 후딱 지나가버리는 게 우리네 삶의 생리니까. 래호의 경우가 그랬다. 한 가지 덧붙이자면 사는 것이 살얼음판을 딛는 것 같아 결혼이란 어쩐지 덫에 새로운 덫을 마련하는 장처럼 느껴지기만 했다.

"고향은 종종 내려가보고?"

"명절 때 가끔 내려가요."

고향은, 능현리는 변하지 않았다. 산골 깊숙이 박힌 마을이라 개발 여지가 전혀 없는 곳이었다. 단지 젊은이들은 대처로 모두 떠나가고 유령 같은 노인들만이 마을을 지키고 있는 것이 안쓰러울 뿐이었다. 하지만 변하지 않는 고향의 모습이 오히려 래호에게는 다행스러웠다. 세속에 찌든 때가 고향에만 가면 깨끗이 씻겨나갔다. 고향의 바람은 언제나 정답고 신선했다.

둘은 식사를 마치고 '달새는 달만 생각한다' 라는 찻집으로 자리를 옮겼다. 래호는 처음 가는 곳이었지만 민하는 종종 와본 듯했다. 자리에 앉아 십여 분 대화를 나누었을까, 누군가 다가왔다.

"어머, 민하야?"

한 여자가 민하를 보고 반갑게 알은체를 했다. 외모를 보니까 민하 또래인 듯했다.

"네가 여긴 웬일이야?"

"오늘 여기서 약속 있어서……."

민하는 대학동창이라고 래호에게 친구를 소개했다. 여자와 래호는 인사를 나누었다. 잠시 어색한 분위기가 흘렀다. 래호는 아쉽지만 민하와는 여기서 그만 헤어지는 게 좋겠다고 생각했다.

"그럼 나는 이만 가볼게. 이왕에 오랜만에 친구를 만났으니 이야기 나눠. 나는 나대로 할 일이 있으니까."

래호는 만류하는 민하를 친구에게 양보하고 찻집을 나왔다.

밖으로 나오자 래호는 비로소 자신이 어디에 있는지 알 수 있었다. 인사동은 젊은 시절 종종 즐겨 찾던 곳이었다. 다행히 다른 곳보다는 변화가 덜한 편인 것 같았다. 다만 그때 그 사람들이 아니고 새로운 부류의 젊은이들이 거리를 걷는다는 것이 달라졌다면 달라진 풍경이었다.

래호는 천천히 행인들과 뒤섞인 채 무작정 걸었다. 방금 만났던 여자가 과연 능현리 민하가 맞을까 의심스러웠다. 세월은 많은 것을 바꿔놓는다. 어느새 한 아이를 여자로 바꾸어놓는 그 신비함에는 할 말이 없는 것이다.

# 아마겟돈

•

시민의정부가 들어서고 국민들은 대통령에 대해 한껏 기대를 갖고 있었다. 래호는 경제 전문가로서 정치적인 사건에 대해서는 하고픈 말도 없고 제대로 된 가치관도 지니고 있지 않았다. 다만 경제에서 만큼은 좌우가 따로 없이 국민들이 잘 먹고 잘살도록 방향을 제시하는 것이야말로 경제 전문가로서 최선을 다하는 길이라 굳게 믿고 있다.

우리나라는 잠재력이 있는 나라다. 얼마든지 선진국에 진입할 수 있는 여건과 잠재력을 갖고 있다. 그것은 앞으로 10년이 고비가 될 것임은 분명했다. 10년을 어떻게 보내는가에 따라서 우리나라는 남

미처럼 될 수도 있고 일본처럼 될 수도 있는 것이다.

경제는 대통령의 제일 관심사였다. 당연히 실물경제였다. 하지만 실물경제라는 것이 경제학과 밀접한 관계가 있었다. 전문 영역으로 들어갈수록 접근하기 어려운 것은 경제도 마찬가지이다. 경제는 학문이었던 것이다.

그리고 국가 경제정책의 핵심은 경제정책 핸들링이었다. 경제정책을 입안하고 시행하는 과정과 그 메커니즘이 제대로 발동된다면 나머지는 술술 풀리게 되어 있다. 그리고 정부의 수장인 대통령은 이러한 문제를 종합해서 컨트롤하는 데 최선을 다하면 되는 것이다. 하지만 대통령은 경제정책에 관련된 인사들을 너무 과신하고 있었던 것 같다.

대통령이 참석하는 재건회의 정례회의 때에 대통령은 토론의 과정을 결과 못지않게 상당히 중요시했다. 토론을 관람하는 듯한 태도를 보이는 재건위원들도 거침없이 토론에 끌어들이곤 했다.

"뭔가 한 말씀 하시죠?"

이렇게 대통령의 지적을 받은 위원은 얼굴이 벌개져서 떠듬떠듬 입을 열었다.

정례회의 안건은 리먼브라더스의 인수 문제였다. 산업은행이 리먼브라더스를 인수함으로써 얻게 되는 실익을 구분해 보자는 것이었다. 대체로 재건위원들은 리먼브라더스 인수에 긍정적이었다. 우리나라도 제조업 위주의 산업에서 탈피해 글로벌 금융산업에 뛰어들어야 할 시기가 도래했고, 리먼브라더스가 그 단초가 되리라는 것이 가장 큰 이유였다. 게다가 리먼브라더스처럼 오랜 역사와 전통을 지닌 투자은행을 인수함으로써 축적된 금융기법을 전수받는다는 것은 일석이조라는 것이 재건위원들의 공통된 주장이었다.

"지금은 시민의정부요, 시민의정부면 시민의정부답게 뭔가 다른 것이 있어야지요. 시민의정부가 국민들의 지속적인 지지를 받기 위해서는 뭔가 업적이 있어야 한단 말입니다."

재건위 위원장인 최 위원이 여론을 주도했다. 그는 재건위 위원장으로서 리먼브라더스 인수에 누구보다도 앞장섰다.

각 위원들은 대통령 앞에서 리먼브라더스를 인수함으로써 우리나라가 얻게 되는 이익을 주장했다. 먼저 최 위원과 친분이 두터운 방 위원이 나섰다.

"산업은행에서 대우조선해양을 매각하게 되면 자본금을 가용할 수 있는 여유가 생깁니다. 그렇지 않아도 투자처를 찾고 있었는데 리먼브라더스가 제 발로 찾아왔으니 얼마나 좋은 기회입니까."

다음은 이 위원이었다.

"위대한 도전은 모두 도박이었습니다. 리스크가 큰 만큼 이익도 큰 법입니다. 우리나라가 언제까지 가공무역으로 먹고살 수는 없습니다. 본격적으로 세계금융에 진출할 시점이라 봅니다. 우리나라라고 아시아의 금융허브가 되지 말란 법이 있습니까. 지정학적으로도 우리는 홍콩보다 유리한 위치에 있습니다."

하지만 래호의 생각은 달랐다. 래호는 리먼브라더스를 인수하는 것은 극히 위험한 결정이라고 판단했다.

산업은행장은 전 리먼브러더스 한국법인 출신이었다. 우연한 일이겠지만 리먼브라더스에 3년간이나 몸담았던 사람이 한국의 산업은행장으로 재직하고 있다는 것은 리먼브라더스에게 좋은 기회로 작용했다. 게다가 리먼브라더스는 협상력을 강화하기 위해 데이비드 김 한 명이었던 아태담당 이사를 한 명 더 파견했다. 미국 본사의 줄리안 정이라는 사람이다. 이들은 쌍두마차 체제를 갖추고 산업은행과 협상가격을 조율 중이었다. 여기에 중국의 시틱증권이 개입하고 있지만 그것은 매각가격을 끌어올리기 위한 눈속임이었다.

리먼브라더스를 산업은행이 인수할 경우 가장 큰 위험요소는 리먼브라더스가 떠안고 있는 부채였다. 리먼브라더스는 장부와 장부외적인 부채를 추정하면 최소 500억 달러로 추산되고 있는 실정이었다. 리먼브라더스 인수는 분명 실익보다 리스크가 큰 모험일 수밖에 없다.

래호 차례가 되었다. 래호는 차분하고 담담한 어조로 자신의 의견을 피력했다.

"미국은 여러분도 아시다시피 자국의 기업을 보호하기 위하여 여러 겹의 제도적 장치를 마련하고 있습니다. 그중 대표적인 것이 금융기업입니다. 이러한 까닭에 미국이 아닌 다른 나라에서 미국 금융기업을 인수한다 해도, 아무리 많은 지분을 확보하고 있다 하더라도 경영권에 영향력을 행사하기가 매우 어렵습니다. 제도상 거의 불가능합니다. 싱가포르 국부펀드인 테마섹이 그 예입니다. 테마섹은 메릴린치의 최대주주이지만 메릴린치의 경영권에는 접근조차 하지 못하고 있습니다. 단순히 투자이익에 만족해야 합니다. 형편이 이런데 산업은행이 리먼브라더스의 지분을 인수한다 해도 투자 목적 이외에 별 소득이 없다는 것을 우리는 직시하여야 합니다. 또한 리먼브라더스는 월가 투자은행들 중에서 서브프라임 부실 채권을 가장 많이 갖고 있다는 사실을 잘 아실 겁니다. 이와 같은 여러 가지 이유로 리먼브라더스에 투자하는 것은 매우 어리석고 위험한 일이며 리먼브라더스를 통해 금융글로벌산업에 진출하겠다는 것은 허황된 꿈에 불과합니다. 리먼브라더스의 경영 상황은 요즘 최악의 상태로 치닫고 있지만 실상을 아는 사람은 극소수입니다. 리먼브라더스의 중요 사업군의 하나인 뉴버거를 매각하는 것을 보더라도 그들이 얼마나 궁지에 몰려 있는지 알 수 있는 겁니다. 만에 하나 뉴버거가 매각된다면 산업은행은 결국 간판 하나만 달랑 남아 있는 리먼브라더스를 인수하는 결과밖에 되지 않습니다. 저는 개인적으로 리먼브라더스가 연초에 파산한 베어스턴스의 뒤를 이을 거라고 확신하고 있습니다."

"뭐요, 거저 굴러온 복을 차버리자는 이야기요?"

위원들은 상반된 의견을 제시하는 래호에게 저마다 한마디씩 해댔다. 대통령이 나서지 않았더라면 회의 진행이 불가능할 지경이었다.

좋은 제안이라도 다수의 의견에 묻히는 것이 민주주의의 맹점이었다. 게다가 학벌, 지역, 학계의 강력한 카르텔을 형성하고 있는 재건위의 두꺼운 벽은 래호에게 버겁기만 했다. 결국 재건위는 래호의 의견을 배제한 채 리먼브라더스를 인수하기로 결정했다.

이래서는 안 되는 일이었다. 래호는 재건위의 결정이 충격적으로 다가왔다. 재건위원들이 왜 이와 같은 잘못된 결정을 내렸는지 모르겠지만 아마도 리먼브라더스의 로비가 큰 힘을 발휘한 듯했다.

래호는 다시 의견을 개진했지만 결국 재건위를 설득하는 데 실패했다. 이제 남은 것이라고는 최고 정책 결정권자인 대통령과 면담을 하는 일밖에 남지 않았다. 재건회의와 대통령의 정례회는 한 달 후에나 가능한 일이었다. 시간이 없었다.

재건회의가 끝나고 래호는 의전비서관에게 대통령과의 단독면담을 요청했다. 재건위원이 대통령과 단독면담을 요청하는 일은 드문 일이었다.

"뭔 일이 있습니까?"

의전비서관이 래호에게 물었다. 래호는 의전비서관에게 진지한 표정으로 말했다.

"매우 중대한 일이 있습니다. 대통령님께 직접 보고드려야 할 사안입니다."

대통령에게 직접 보고해야 할 만큼 중대한 사안이라고 하자 의전비서관은 좀 놀라는 표정이었다. 그는 수석비서관에게 보고를 하겠다고 했다.

"그럴 시간이 없습니다."

시간이 촉박한 중대사안이라고 하자 비서관은 잔뜩 긴장을 했다.

청와대에서의 중대사안이란 쿠데타 같은 내란을 의미했다.

"도대체 무슨 일이 벌어진 거요?"

의전비서관은 목소리를 낮추고 조심스럽게 다시 한 번 물어왔다. 래호는 잠자코 있었다. 래호가 잠자코 있자 비서관의 얼굴에서 긴장의 빛이 나돌았다. 그는 적어도 래호가 쿠데타와 같은 중요한 사안을 지니고 대통령과의 면담을 요청하는 것으로 판단한 듯했다.

마침 대통령이 집무실에 있었다. 집무실에 들어갔던 비서관이 나오더니 손짓을 했다.

"들어가봐도 좋습니다."

대통령은 태연한 표정으로 집무를 보고 있었다. 래호가 들어서자 미소를 지어 보였다.

"어서 오시오, 김 위원."

테이블 위에는 결재 서류가 쌓여 있었다. 그는 보고서를 들여다보며 일일이 읽어보고 결재를 하고 있는 중이었다.

래호가 가까이 다가가자 결재서류를 접고 래호를 올려다보았다.

"뭐 보고할 게 있다고 하던데?"

"그렇습니다. 리먼브라더스 인수문제를 다시 한 번 재고해 주셔야겠습니다."

"그건 지금 심의 중 아닌가요?"

아직 최종결정이 내려진 것 같지가 않았다. 불행 중 다행이었다. 때론 늦은 의사결정이 도움을 줄 때도 있다. 잘못 내린 의사결정을 수정할 시간을 주기 때문이다.

"재건위에선 리먼브라더스 인수를 찬성하고 있습니다. 하지만 그 것은 위험한 일입니다."

"뭐가 위험하다는 거요?"

대통령은 래호의 '위험한' 일이라는 말에 귀를 기울였다. 위험한 일이라는 단어에 힘이 들어가 있었던 것이다.

"지금 리먼브라더스는 파산 직전에 있습니다. 부채 규모만 오백 억 달러에 이르는 초대형 기업입니다. 이런 기업을 인수한다고 하는 것은 자살행위입니다."

대통령은 잠자코 래호의 말을 들으면서 고개를 끄덕거렸다. 어느 정도 래호의 말에 수긍을 한다는 말인가. 래호는 대통령의 속내를 알고 싶었다.

"먼저 손을 내민 것은 미국 쪽이오. 그렇다고 저들의 요구를 무작정 거절한다는 것은 그들의 기분을 거스를 수도 있소."

"산업은행은 국책은행입니다. 국책은행과 민간투자기관 간의 합병은 있을 수 없는 일입니다. 이런 점을 분명히 한다면 저들도 더 이상 요구할 수 없을 거라 봅니다. 그리고 우리나라 민간투자기관 중에서는 리먼을 인수할 만한 규모 있는 기업이 없기 때문에 사실상 저들도 포기를 할 것입니다."

"좋소. 그 부분을 적극적으로 검토하겠소. 한데 만일 리먼이 파산한다면 그 영향력은 어떻겠소?"

"미국에 투자한 세계 여러 나라의 투자은행이 일제히 미국 금융주에서 주식을 팔아치우기 시작할 것입니다. 한국 또한 예외가 아닐 것이고 때문에 미국 주식은 연일 폭락할 것입니다. 미국 정부는 리먼 구제책을 들고 나오겠지만 부실은행이 리먼 하나가 아니기 때문에 쉽지가 않을 겁니다. 미국은 세계금융의 중심지인 만큼 세계적으로 금융 쓰나미가 될 것이고 외환에 취약한 우리나라는 직격탄을 맞게 될 것입니다."

만일 리먼브라더스가 파산한다면 그 영향력은 금융 쓰나미가 되어 세계를 휩쓸 것이라고 래호가 엄포를 놓았기 때문에 대통령도 다소 마음이 쓰이는 듯했다. 하지만 그것은 단지 엄포가 아니었다. 그럴 가능성은 충분했다.

"그 정도인가요?"

"제2의 외환위기가 올 가능성이 농후합니다."

"하지만 김 위원, 우리나라는 지금 좋지 않소? 수출은 잘되고 아시다시피 주식도 오르고 있고 외화보유고도 점점 늘어나고, 우리나라의 경제는 IMF 때와는 다르오."

한국경제의 외양은 그럴싸해 보였다. 하지만 그것은 착시현상이었다. 통계와 수치는 간혹 사람을 유혹하기도 하고 착각에 빠트린다. 그것이 경제학의 맹점이었다. 하지만 지금 바닥경기는 말이 아니었다. 수출은 잘되는데 서민들은 경기가 어려워 쩔쩔매고 있었다. 내수가 진작이 되지 않는다는 것이다. 이러한 사실들을 래호는 대통령에게 조목조목 설명해 줬다.

의외로 대통령은 래호의 말에 귀를 기울였다. 적어도 래호에게는 그렇게 느껴졌다. 대통령은 리먼에 관한 보고서를 작성하여 정책위에 넘기라고 래호에게 지시했다. 리먼 인수를 재검토할 동안 인수 협상은 잠시 멈출 것이라고 했다. 리먼 인수팀을 완전 철수시키겠다는 말은 아니지만 그나마 불행 중 다행이었다.

래호가 집무실을 나오자 비서관이 다가와 조용히 물었다. 그의 목소리는 암달러상처럼 은밀했다.

"어떻게 잘되었습니까?"

래호는 흘깃 안경 쓴, 얼굴이 유난히 하얀 비서관을 바라보았다. 나이에 비해 동안인 사내였다.

"네, 잘될 것입니다."

말을 마치고 래호는 뚜벅뚜벅 청와대 복도를 걸어갔다. 래호의 구두 굽 소리가 명징하게 청와대 복도를 울렸다.

산업은행의 리먼브라더스 인수 문제를 원점에서 다시 검토하라는 대통령의 지시가 있자 정책위와 재건위가 발칵 뒤집혔다. 특히 재건위의 혼란이 심했는데 그것은 재건위의 누군가가 대통령과 독대하여 재건위의 결정사항을 뒤집어버렸기 때문이라는 소문이 파다하게 퍼졌기 때문이다. 하지만 누군가가 곧 래호라는 것이 밝혀지는 데 그리 오래 걸리지 않았다. 재건위원들은 래호를 힐난했다.

"민주주의는 다수결 원칙이라는 걸 모르는 거요? 재건위에서 결정된 사항을 대통령과 독대하여 뒤집어버리다니, 이게 도대체 무슨 일입니까. 지금이 무슨 이조시대인 줄 아시오?"

사회주의 체제든 자본주의 체제든 국민이 잘살면 된다는 것이 등

소평의 생각이었다. 래호 또한 등소평의 생각과 다르지 않았다. 문제는 국민이었다. 따지고 보면 정부도 국민을 위한 부속기관에 지나지 않는다. 국가의 권력은 국민으로부터 나오기 때문이다. 국민을 위해서 대통령을 설득해야 한다면 마다할 수가 없는 것이다.

하지만 래호는 대통령을 설득했다고 믿지 않았다. 이미 대세는 리먼브라더스 인수 쪽으로 기울고 있었다. 자신은 잠시 브레이크를 걸었을 뿐이었다. 인수팀은 다시 가동될 것이다. 상대는 미국의 4대 투자은행이고 모르긴 몰라도 미국 정부에서도 주시하고 있는 사항이었다.

▶▶▶

비가 부슬부슬 내리고 있었다. 연구소에서 일찌감치 나온 래호는 자주 가는 서브마린이라는 칵테일바에 들렀다. 가볍게 한잔 하면서 NMC모델링이 가리킨 지표에 대해 나름대로 정리를 해보고 싶었다. 래호는 최근 한동안 리먼브라더스에 NMC모델링을 집중시켰었다. 그 결과는 리먼브라더스가 확실히 파산된다는 것이었다. 리먼브라더스가 파산된다는 것은 래호조차 믿고 싶지 않은 사실이었다. 그것은 단순히 리먼브라더스라는 기업의 파산만을 의미하는 것이 아니다. 세계경제는 물론 한국경제에도 치명적인 영향을 끼칠 것이기 때문이다.

그때 누군가 래호의 옆자리에 앉았다.

"안녕하세요, 선생님!"

"응?"

하고 돌아보니 민하였다. 바뀐 헤어스타일과 옷차림, 그리고 어둑한 바의 조명 때문에 래호는 미처 민하를 알아보지 못한 것이었다. 그러고 보니까 민하를 만난 지가 꽤 되었다. 청와대에서 몇 번 지나치기도 하고 먼발치에서 민하의 모습을 발견하기도 했지만 제대로 알은척을 한 적이 없었다.

한데 민하가 갑자기 여기에 왜 나타난 것일까. 래호는 영문을 몰라 뒷머리를 긁적일 수밖에 없었다.

"여긴 웬일이야?"

"누가 이리 가면 선생님을 만날 수 있다고 했어요."

"누가?"

"모르겠어요. 비서관인지, 행정관인지, 누군가 이리로 가보면 선생님을 만날 수 있다고 하던데요."

민하는 래호와 마찬가지로 마티니 한 잔을 주문하곤 다시 말을 이었다.

래호는 민하가 만난 사람이 성구인가 했다. 하지만 성구가 어떻게 바에 간다는 사실을 알고 있었을까. 바에 들른다는 이야기는 아무에게도 한 적이 없었다. 이해할 수 없는 일이었다.

"그자가 내가 이리로 온다는 사실을 어떻게 알았을까?"

"모르겠어요. 그 사람은 아무렇지도 않게 말하던걸요."

그동안 몇 번 민하와 만난 것은 대부분 일에 관련해서였다. 작은 일이더라도 민하는 청와대에 관계 있는 일은 래호와 상의를 하곤 했다. 물론 청와대 일에 밝지 않은 래호로선 민하가 정보에 손쉽게 접근하는 방법과 기사를 작성하는 데 도움이 되는 사람을 소개해 주는 것이 전부였다. 그렇다고 민하가 원하는 기삿거리를 전해 준 적은 없었다.

"선생님은 청와대에 자주 나오시지는 않나 봐요?"

민하가 슬쩍 래호를 돌아보며 물었다. 그녀에게서 아릿한 향수 냄새가 전해져 왔다.

"재건위원이 청와대에 들락거릴 일이 없지. 하지만 마음은 항상 청와대에 있는 거랑 똑같아. 정책에 관해 끊임없이 생각하고 연구를 해야 하니까."

민하는 어느새 술 한 잔을 다 마시고 또 주문했다. 생각보다 민하는 술을 잘 마셨다. 민하는 래호의 술도 함께 주문하는 것을 잊지 않았다.

"술 한 잔 사드렸으니 소스 좀 주세요, 선생님!"

"소스는 뭐가 있어야지, 소시지 안주라도 사드릴까?"

"호호, 농담도 잘하시네요."

민하는 까르르 웃었다. 그리고 정색을 하곤 묻는 것이었다.

"지금 산업은행에서 리먼브라더스를 인수한다는데 그게 정말인가요?"

리먼브라더스 산업은행 인수는 아직 기사화된 적이 없었다. 한데 민하가 그 사실을 어떻게 안 것일까.

"그 이야기는 어디서 들었지?"

"웬만한 기자들은 다 아는 사실인데요."

"난 금시초문인데."

래호는 뚝 잡아뗐다. 민하가 토의 중인 안건을 어떻게 알아낸 건지 도무지 알 수가 없었다. 리먼브라더스 인수 건만 하더라도 오늘 처음 나온 안건이었다. 불과 몇 시간 전이었다. 아무튼 래호는 부인을 할 수밖에 없었다. 알아도 모른다고 할 작정이었는데 민하는 더 이상 묻지 않았다.

대신 민하는 기자생활의 어려움, 청와대에서의 생활, 조직 내에서 인간관계로 인해서 빚어지는 갈등 등등 주변을 맴도는 이야기만 하다가 헤어졌다.

하지만 다음 날 신문을 집어든 래호는 경악하지 않을 수 없었다. 산업은행에서 리먼브라더스 인수를 검토 중이라는 기사가 커다랗게 났던 것이다. 게다가 기사에는 버젓이 래호의 이름이 실려 있었다.

"청와대 관계자인 김래호 위원의 말에 따르면 정부는 국책은행인 산업은행에서 리먼브라더스 인수를 검토 중이며 곧 발표할 예정이다."

기사 작정자는 홍민하였다. 래호는 어떻게 이런 일이 일어날 수가 있을까, 어이없어하면서 민하에게 전화를 걸었다. 하지만 웬일인지 통화가 되지 않았다.

래호는 그제야 누군가의 음모에 걸려들었다는 것을 깨달았다. 산업은행의 리먼브라더스 인수는 아직 공론화되지 않은 문제였다. 누군가가 자신과 대통령 사이를 이간질하고 그것도 모자라 아예 래호의 청와대 출입을 봉쇄하기 위해 음모를 꾸민 것이 틀림없었다. 게다가 민하가 여기에 직간접적으로 연관되어 있다는 일은 충격적인 일이었다. 그렇다면 과연 누가 자신에게 올가미를 씌웠을까? 래호는 재건위원들을 의심할 수밖에 없었다. 이런 중대한 일이 터졌는데 재건위원 누구도 래호에게 전화를 걸어 확인을 하거나 비난을 하는 사람이 없었다. 이것은 재건위원들이 사전에 이 사실을 계획했거나 알고 있었다는 해석을 가능하게 해준다. 그러나 문제는 청와대의 반응이었다. 아니나 다를까 곧 청와대 수석비서관으로부터 호출이 들어왔다. 수석비서관은 굳은 목소리로 청와대로 빨리 들어오라고 했다. 그리고 대통령이 진노했다는 말도 덧붙였다.

래호는 주섬주섬 옷을 꿰어 입었다. 대통령이 진노했다는 말이 마음에 걸렸다. 도대체 어떻게 돌아가는 일인지 영문을 알 수가 없었다.

청와대 접견실에 들어서자마자 의전비서관이 래호를 어디론가 안내했다. 래호가 도착한 곳은 대통령 집무실이 아닌 경제정책 수석비서관실이었다.

수석비서관은 몹시 화가 나 있었다. 그는 래호가 들어서자마자 흘깃 바라보고는 따지듯 물었다.

"도대체 어떻게 된 겁니까?"

래호는 뭐라, 어디서부터 말을 해야 할지 숨이 턱 막혔다. 그것을 보고 수석비서관은 래호가 우물쭈물하고 있다고 생각했는지 한층 몰아붙였다.

“검토 중인 정부의 정책사항을 기자에게 알리다니요. 도대체 정신이 있는 거요, 없는 거요?”

“난 알린 일 없습니다.”

억울한 일이었지만 래호는 애써 감정을 누르고 말했다.

“뭐요? 이렇게 버젓이 기사가 나왔는데 딴소리요? 게다가 내가 기자와 직접 통화를 해서 알아봤는데, 어제 저녁 바에서 기자랑 만났다는데, 그것도 거짓말이오?”

“기자와 만난 것은 사실이지만……. 그것도 우연이었고 그저 술 한잔 했을 뿐이오.”

“닥치시오! 그걸 누구더러 믿으라는 소리요. 당신 도대체 청와대를 뭐로 아는 거요?”

수석비서관은 비서관실이 쩌렁쩌렁 울릴 만큼 큰 소리로 외쳐댔다.

“그리고 재건위원이면 재건위원답게 구시오. 재건위원이 정책비서관이라도 되는 줄 착각하시는 거요? 왜 비서실 허락도 없이 대통령과 독대하는 거요? 그렇게 해서 눈도장이라도 찍겠다는 것인가.”

래호는 더 이상 아무 말도 하지 않았다. 무슨 말을 하더라도 수석비서관의 귀에는 변명으로밖에 들리지 않을 거라는 것을 잘 알고 있기 때문이었다.

한참을 윽박지르던 수석비서관은 제풀에 지쳤는지 나가보라고 했다.

래호는 돌아서서 문을 열고 나갔다. 나가는 래호의 뒤통수에다 대고 수석비서관은 일갈을 해댔다.

"다시 청와대 근처에는 얼씬거리지도 마시오. 당신은 이제 끝장이오."

수석비서관의 말은 단순히 엄포에 지나지 않는다는 것을 래호는 알고 있었다. 대통령 직속기관인 재건위에 속해 있는 래호를 내칠 수 있는 사람은 대통령밖에 없었다. 하지만 수석비서관의 말은 칼이 되어 래호의 속을 후벼팠다.

청와대를 나오는 래호의 마음은 천근만근 무거웠다. 한 걸음 한 걸음 내디딜 때마다 낭떠러지로 떨어지는 느낌이었다. 청와대란 참 무서운 곳이구나 하는 생각도 들었다.

래호는 2주째 재건위에 출석하지 못했다. 별다른 통보가 있을 동안 대기하라는 것이 청와대 측의 공식 입장이었다.

래호는 청와대에 나가지 못하는 동안 리먼브라더스 인수가 어떻게 돌아가는지 궁금했다. 그래서 성구에게 전화를 걸어보았다. 성구는 다시 리먼브라더스 인수팀이 움직이기 시작했다는 이야기를 전해 주었다. 래호는 이제 국가를 구한다는 심정으로 무엇인가 또 다른 극단적인 조치가 필요하다고 생각했다. 이제 마지막 남은 수단은 인터넷이었다.

아고라 '경방'은 단순히 토론만 하는 곳이 아니라 경제적인 지식을 공유하는 하나의 장이기도 했다. 의외로 경방에는 경제 고수들이 많았다. 그들의 주장을 들여다보면 래호조차 깜짝 놀랄 정도였다.

경방은 리먼브라더스 인수 문제로 들끓고 있었다. 래호는 리먼브라더스의 현 상태와 리먼을 인수하려는 산업은행의 잘못된 점을 긴 글로 여러 가지 자료와 첨부하여 경방에 올렸다. 곧 그의 글에는 많은 댓글이 달리기 시작했고, 조회 수도 급속도로 올랐다. 그리고 그의 주장이 담긴 글은 인터넷상으로 사방팔방 번져나가기 시작했다.

인터넷에서는 지혜의 여신 이외에도 creative, whit, FreeWay, Rainbow 등 유명 논객들이 많았다. 이외에 상당한 경제 지식을 갖춘 경제 고수들만도 100명가량 되었다. 경제 고수들은 즉각 지혜의 여신의 글에 담긴 진성성을 깨닫고는 선두에 서서 리먼브라더스, 더 나아가 미국 경제의 허상을 네티즌들에게 알리는 동시에 추가 자료를 게재하며 리먼브라더스 인수 반대 운동을 맹렬히 펼쳤다. 물론 그 중심에는 지혜의 여신이 버티고 있었다.

이들은 각종 통계와 도표로 뒤덮인 장문의 논문을 게재하면서 왜 산업은행이 리먼을 인수해서는 안 되는지에 관해 일반 네티즌들에게 설명을 했고 네티즌들은 이 사실을 자신들이 속한 사이트와 카페로 퍼날랐다. 지혜의 여신을 중심으로 똘똘 뭉친 재야의 경제학자들은 자신들의 주장을 여론화하는 데 힘을 결집시켰다.

경방은 주로 경제에 관심 있는 평범한 네티즌들이 다수 찾아오는 곳이다. 하지만 경제와 직간접적으로 관련 있는 대학교수, 전 현직 정치가, 중소기업체 사장, 중소상인, 대학생, 일반 샐러리맨 등 수많은 각종 다양한 사람들이 드나드는 곳이었다. 게다가 언론에 종사하는 많은 매체의 기자들도 자주 드나드는 곳이어서 지혜의 여신의 글은 종종 경제기사에 덧붙여지거나 인용되어 기사화되곤 했다. 자연스레 지혜의 여신이 내뿜는 기운은 인터넷은 물론 언론을 통해 점차 퍼져나가기 시작했다.

지혜의 여신 다음으로 영향력 있는 몇몇 안 되는 논객 중 하나인 creative는 다음과 같이 주장했다.

"우리는 지혜의 여신님을 중심으로 정부가 리먼을 인수하지 못하도록 반드시 막아내야 합니다. 우리는 할 수 있습니다. 우리의 무기는 연대입니다. 비록 서로가 보이지 않는 얼굴들이지만 우리는 한 몸처럼 움직이고 있습니다. 우리의 목표가 정해진 이상 단결하여 산업은행이 리먼브라더스를 인수하는 것을 반드시 막아내야 합니다."

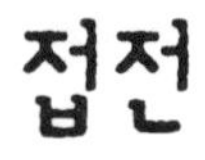

# 접전

재건위에 참석한 지 3주를 지나고 4주째, 월말 대통령이 참석하는 월례회의가 도래했을 때 청와대에서 래호에게 한 통의 전화가 걸려왔다. 전화의 주인공은 뜻밖에도 대통령이었다.

"내일 재건회의에서 봅시다."

대통령은 래호에게 짤막한 말을 남겼다.

어떤 과정을 거쳐 구제되었는지 그 내막을 자세히 알 수는 없지만 래호는 복권된 것이었다.

▶▶▶

오후에는 세 명의 방문객이 래호를 찾아왔다. 모두 검은 양복에 정장을 한 일본인이었다. 한 명은 이미 낯이 익은 미시마 츠요시라는 자였고 둘은 처음 보는 사람들이었다.

미시마 츠요시는 한국 말을 유창하게 했다. 래호는 그가 한국에서 오랫동안 생활을 했거나 한국에서 유학생활을 했을 거라고 생각했다. 나머지 두 명의 일본인은 처음 보는 사람들이었다. 어깨가 벌어지고 스포츠 선수 같은 단단한 근육질의 몸을 갖고 있는 것으로 봐서 야쿠자 같았다. 미시마 츠요시가 누구를 대동하고 래호를 찾아오기는 처음이었다.

미시마 츠요시는 앞에 놓인 의자에 앉았고 나머지 두 명은 보디가드처럼 그의 뒤에서 부동자세로 서 있었다. 래호는 무표정한 밀랍인형 같은 두 명의 사내가 신경 쓰였다. 마치 빚 독촉을 받으러 온 조폭 같은 느낌이었다.

"저번에도 말씀드렸지만 저희에게는 시간이 얼마 남아 있지 않습니다. 문제는 선생님입니다. 선생님만 결심하신다면 모든 일이 수월하게 풀릴 것입니다."

"내게 문제는 없소. 문제도 답도 당신들이 갖고 있는 거니까."

"그렇지 않습니다. 선생님, 저는 선생님을 아끼는 입장에서 말씀드리는 겁니다. 결국 선생님도 조국으로부터 버림을 받을 것입니다."

"만일 일본이라는 나라가 당신을 버린다손 당신은 조국을 배반할 거요?"

미시마 츠요시는 래호의 질문에 아무 말도 하지 않았다. 노려보듯 래호를 쏘아볼 뿐이었다.

"나도 마찬가지요. 문제는 조국이 아니라 국민들이요."

미시마 츠요시가 원하는 것은 래호의 NMC 경제모델링이었다. 그들은 오래전부터 래호를 주목하고 있었다. 래호의 경제모델링이 레이더와 같은 역할을 하고 있다는 것을 그들은 눈치를 채고 있었던 것이다. 뿐만 아니라 그 가치를 알고 있었다. 그들은 레이더와 레이더를 운영할 줄 아는 래호를 원했다.

"회장님께서는 모든 조건을 다 들어주신다고 했습니다. 지분을 요구하시면 지분도 드리겠다고 했습니다. 그 금액만 해도 천문학적이라는 것을 선생님은 아실 겁니다. 결코 싼값에 거래하자는 것이 아닙니다."

래호는 미시마 츠요시를 바라보았다. 그는 젊고 유능했다. 래호는 그와 몇 마디 나눠보고 나서 그가 유능하고 야망에 가득 찬 젊은이라는 것을 금방 눈치 챌 수 있었다.

"도대체 당신들이 우리나라를 노리는 이유가 뭐요? 헤지펀드에게 그따위 질문은 아무 의미가 없겠지만 당신들의 능력이라면 굳이 우리나라를 노리는 특별한 이유가 있을 텐데."

"그것은 먼젓번에 말씀드린 것과 동일합니다. 우리는 대한민국에 별다른 목적도 감정도 없습니다. 우리가 의도하는 진짜 이유는 중국입니다. 우리는 중국의 대자본과 한판 겨루고 싶습니다. 아시아

뿐만 아니라 세계의 강국으로 떠오른 중국은 어차피 한번 언젠가 붙어야 할 상대입니다. 길을 비켜달라는 거지요. 대륙 정벌을 하기 위한 길을 말입니다."

그들은 공간개념을 마음대로 뒤바꾸는 재주가 있었다. 마치 군대를 이끌고 한반도를 쳐들어온 도요토미 히데요시가 한 말과 조금도 다르지 않았다. 진짜 그들이 중국과 한판 승부를 하기 위해 길을 비켜달라는 것인지도 몰랐다. 하지만 금융전쟁은 어차피 한번 벌어지면 모두가 휩쓸리게 된다. 왜 일본의 투기세력이 중국 운운하면서 한국을 넘보려 하는가. 래호로서도 그 진짜 이유를 알 수가 없었다. 그리고 중국자본과 겨루려면 지금의 일본자금으로는 어림도 없었다. 뭔가가 필요했다. 유태자본의 도움을 받지 않으면 중국을 칠 수가 없었다. 하지만 유태인들은 중국에 대해서 아직까지는 호의적이었다. 무엇일까. 무엇이, 그동안 숨죽이고 있던 일본의 야만성을 들쑤셔놓은 것일까. 래호로서는 그 이유를 알 수가 없었다.

"하지만 솔직히 우리가 두려워하는 것은 선생님이 개발한 레이더입니다. 우리가 아무리 비밀리에 움직여도 선생님의 레이더를 피할 길이 없습니다. 우리가 아무리 빨리 소리 소문 없이 준비를 한다 해도 보름 이상 걸립니다. 하지만 우리들의 움직임은 보름 전에 이미 선생님의 레이더에 포착이 됩니다."

"하지만……."

래호는 미시마 츠요시의 말을 자르고 말했다. 래호의 어투엔 상대를 움찔하게 만드는 단호함이 배어 있었다.

"나는 정부 관료도 아니고 유명한 경제 전문가도 아니오. 설사 내가 그렇다 해도 내가 어떤 역할을 할 수 있다고 그렇게 겁을 먹는 거요. 그 이유가 뭡니까?"

"예전에는 그랬습니다. 몇 달 전만 해도 아무도 선생님의 말을 믿지 않았습니다. 하지만 지금은 다릅니다. 지금은 수많은 사람들이 선생님의 입을 주목하고 언론에서도 선생님의 일거수일투족에 신경을 쓰고 있습니다. 정부에서조차 선생님을 두려워하고 있습니다."

미시마 츠요시는 김래호가 아닌 인터넷상에서의 지혜의 여신을 말하는 것이었다. 래호는 미시마 츠요시가 이미 지혜의 여신과 래호, 두 인물이 동일인임을 파악하고 있다는 것을 깨닫자 등이 서늘해짐을 느꼈다. 대단한 정보력이었다. 이것은 미시마 츠요시의 뒤에 거대한 세력이 버티고 있다는 것을 의미했다.

"그럴지도 모르지요. 하지만 예나 지금이나 나는 아무 일도 할 수 없소."

래호는 도대체 무슨 말을 하는지 모르겠다는 투로 말했다.

미시마 츠요시는 그 상태로 십여 분 동안 더 래호를 설득했다.

"선생님이 이런 초라한 사무실에 앉아 있다는 것은 불행한 일입니다. 여기까지가 이 나라의 한계입니다. 선생님의 결심 여하에 따라서 이 지경을 얼마든지 바꿀 수가 있습니다."

미시마 츠요시 말대로 그럴지도 몰랐다. 하지만 그것은 래호 자신의 운명이라고 생각했다. 그렇다고 저들 말대로 설사 '이 지경'을 '저 지경'으로 바꾼다 해도 래호의 고민은 끝나지 않을 것만 같았다.

미시마 츠요시는 결국 불편한 심기를 감추지 않고 돌아갔다. 그가 자신의 조국인 일본으로 돌아갔는지, 아니면 명동에서 쇼핑을 하다가 돌아갔는지 래호로서는 알 수가 없는 일이었다. 하지만 그는 끝내 스포츠 선수처럼 단단한 근육을 가진 두 남자의 정체에 대해서 아무런 언급이 없었다.

▶▶▶

국민경제재건회의는 청와대 대통령 집무실에서 열렸다. 회의 시간이 다 되어갈 즈음 래호가 나타나자 재건위원들은 모두 놀라 바라보았다. 마치 전쟁터에서 전사했다는 사람이 돌아온 것처럼 그들은 유령을 대하는 태도였다.

이날 회의에서는 안건으로 시민정부의 조세정책 방향과 최근 금융시장 동향, 그리고 자본시장의 저변 확대 방안 등이 다뤄졌다. 재건위원들은 자신들의 의견을 발표하고 대통령은 묵묵히 듣고 있다가 별안간 질문을 재차 던지곤 했다. 기사 건도 있고 해서 래호는 잠자코 있을 양이었다. 한데 느닷없이 대통령이 래호를 지목했다.

"김 위원의 생각은 어떻습니까, 한번 말해 보세요."

래호는 대통령을 바라보았다. 숨을 크게 들이마신 뒤 입을 열었다.

"제 생각에는, 지금 안건보다 더 시급한 게 있습니다. 리먼브라더스 인수팀을 즉각 철수시켜야 합니다. 리먼은 곧 파산을 할 겁니다.

리먼 파산 후 엄청난 금융 쓰나미가 전 세계를 강타할 것입니다. 우리는 그에 대한 대비책을 지금 세워놓아야 합니다."

래호의 한마디에 재건위원들의 수군거리는 소리가 들려왔다. 하지만 래호는 눈 하나 깜빡하지 않았다. 대통령과 만날 기회는 흔치 않았고 할 말은 해야 했다.

"리먼브라더스는 이미 파산선고가 내려진 것이나 마찬가지입니다. 그런 회사를 인수한다는 것은 자살행위입니다."

래호는 목소리를 낮추지 않고 말했다.

"리먼이 파산을 하다니요?"

국가경제재건위원회 위원장인 최 위원이 래호를 바라보며 말했다. 그는 내심 화를 억누르느라 얼굴이 붉으락푸르락했다.

"여기가 무슨 점집도 아니고 뭘 그리 잘 알아맞히는지 원."

곁에 있는 노 위원이 덩달아 말했다.

잠자코 있던 대통령이 래호를 바라보면서 물었다.

"의제에서 조금 벗어난 의견인데, 김 위원은 왜 느닷없이 리먼브라더스 이야기를 꺼내는 겁니까?"

래호는 대통령이 자신에게 발언 기회를 줬다고 생각했다. 대통령은 평소 의제에서 조금만 벗어나도 즉시 궤도 수정을 요구했다. 한데 이번만큼은 예외였다.

"리먼브라더스는 97년 11월 달만 해도 주가가 칠십 달러를 넘었습니다. 하지만 금년 현재 리먼의 주가는 십 달러대에 불과합니다. 무려 팔십 퍼센트의 주가가 폭락했습니다. 이와 같은 사정은 미국의 금융가에서는 이례적인 일로서 파산을 의미합니다. 투자자들이 급속히 빠져나간다는 것은 곧 파산을 알아차렸기 때문이지요. 이런 회사를 우리나라 산업은행에서 인수한다는 것은 시한폭탄을 품에 안는 것과 똑같습니다."

거참, 여기저기서 헛기침 소리가 들려왔다.

대통령도 래호의 말이 믿기지가 않는 듯했다.

"그렇다면 김 위원의 생각은 어떻습니까. 지금 협상이 진척되고 있는 상황에서 인수 포기를 선언하라는 말씀인가요?"

위원들은 중요사안이 산적해 있는데 토론이 산으로 간다고 생각했는지, 혹은 래호가 대통령을 독차지해서 불만이라 생각했는지 눈을 부라리며 래호를 흘겨보았다. 하지만 래호는 주변 상황과 상관없이 자기 주장을 펴기에 여념이 없었다.

"지금 인수 포기를 선언해야 합니다."

여기저기서 수군거리는 소리가 들려왔다.

"점쟁이구먼 점쟁이."

누군가 중얼거리는 소리가 대통령에게도 들렸는지 대통령이 불쾌하다는 듯 말했다.

"위원의 의견을 두고 점쟁이라는 말은 삼가주길 바랍니다. 설사 틀린 의견이라 할지라도 상대의 의견에는 귀를 기울이는 것이 올바른 토론 자세인데 그렇게 폄하해서야 되겠습니까."

대통령의 말 한마디에 점쟁이라고 말했던 위원은 머쓱해져서 죄송합니다, 라고 대통령에게 사과를 했다.

"좋습니다. 막연히 감으로 발표하시는 것은 아니겠지요? 자료 분석을 했다고 하니……. 거 머라든가 NMC 모델링?"

"네 그렇습니다."

"분석 자료를 정리해서 정책위에 보고하도록 하십시오. 그 문제는 이제 접어두고 안건 토의에 들어갑시다."

대통령은 먼젓번처럼 보고서를 작성하여 정책위에 보고하라는 말을 반복했다.

재건회의는 다시 본론으로 돌아가 안건을 토의하기 시작했다.

재건위 회의가 끝나고 대통령과 수행원들이 돌아가고 나자 위원장인 최 위원이 대뜸 래호에게 삿대질을 했다. 그는 몹시 화가 나 있었다.

"당신이 무당이야, 무당?"

위원장은 화가 잔뜩 난 목소리로 소리쳤다. 붉그락푸그락하는 그의 얼굴에 핏발이 선연히 드러나 보였다.

"NMC인가, 뭔가 하는 사이비 이론으로 자꾸 뭔가를 맞추려고 하는 듯한데, 그건 무당들이나 하는 짓이라는 걸 몰라?"

여당의 전국구 출신의 국회의원 이 위원이 덩달아 나섰다. 그는 평소 토론에는 잘 나서지 않았지만 평소에는 말이 많은 자였다.

래호는 묵묵부답 말이 없었다. 이럴 때일수록 말을 삼가는 것이 나을 듯싶었다.

"정말 어쩔 수 없는 친구로군."

"인터넷에서는 지혜의 여신인가 뭔가 하는 친구가 날뛰고 청와대에서는 꼴뚜기가 날뛰고, 이 거참."

위원들은 저마다 한마디씩 내뱉으며 자리에서 일어나 귀가 준비를 하였다. 여기저기서 쏘아대는 따가운 시선이 래호의 얼굴에 박혔다. 래호는 재건위원들이 자리를 뜬 빈 회의 석상에 한참 동안 앉아 있었다.

래호는 NMC모델링을 개발하느라 15년의 세월을 보냈다. 그것은 물론 완벽한 모델링이 아니었다. 경제모델로 미래를 예측한다는 것은 불가능에 가깝다. 경제에는 수많은 변수가 돌출하기 때문이다. 하지만 많은 변수를 A라는 항으로 묶고 기존의 경제이론을 뒤틀어 변형시키면 변수가 최소화된다는 역설이 성립된다. 여기에 미래의 행동과 변화의 결과를 예측하기 위해 데이터 마이닝 기법을 차용한다. 데이터 수집, 통계적 모형 설정, 예측 수립, 모형 검증, 수정 등의 과정을 거쳐 실사적인 모형이 탄생하는 것이다. 이러한 작업을 통해 결과적으로 간단한 1차 방정식 모형에서부터 고도의 소프트웨어로 처리되는 복잡한 신경망 모형이 만들어지는데 이것이 바로 래호가 창조한 NMC의 핵심이론이었던 것이다.

경제이론은 창작이다. 틀에 박힌 경제이론으로는 다변화되는 세상의 경제 현상을 모두 예측하기는 어렵다.

한번은 어느 대학 경제학과 교수직에 있는 재건위원이 래호에게 시장가격의 결정 과정에 대해서 물어본 적이 있었다. 그는 래호의 괴팍한 경제이론이 도대체 어디에서 비롯되었는지 알고 싶은 모양이었다. 그래서 래호는 담담히 대답했다.

"가격은 수요와 공급이 만나는 점에서 형성됩니다. 하지만 그것은 고전이론으로서 가격 형성을 제대로 설명해 주지는 못합니다. 가령 시장가격이 형성되는 요인에는 수요와 공급 외에도 많은 변수가 존재합니다. 물건의 품질, 구매자와 판매자의 태도, 날씨, 교통, 지역, 접근성 등등 수많은 요인이 존재하죠."

그러자 그 재건위원은 그런 식으로 경제이론을 자의적으로 해석하니까 점쟁이라는 소릴 듣는 거라면서 래호를 나무랐다.

회의실을 나설 때는 이미 날이 어둑해져 있었다.

청와대 접견실 복도를 지날 때 문득 눈앞에 낯익은 모습이 눈에 띄었다. 민하였다. 래호는 앞서 걷고 있는 민하를 불렀다.

민하는 어, 하는 표정으로 잠깐 동안 넋 잃은 듯 래호를 바라보았다. 어쩌면 청와대라는 이질적인 공간에서 래호의 모습을 낯설게 느꼈는지도 모를 일이었다.

"안녕하세요? 선생님."

"그래, 잘 있었어? 그렇지 않아도 만나려던 참인데……."

래호의 목소리가 다소 경직이 되어 있었기 때문일까? 민하가 래호의 눈치를 살폈다.

"어찌 된 거야?"

"뭐가요?"

민하는 숫제 모르는 척하는 것이었다. 그래서 래호는 그때 신문에 난 기사 문제를 끄집어냈다.

"제가 지금 바빠서요. 지금 총리 기자회견이 있거든요. 시간이 없어서 이따가 거기서 뵙죠."

기자들이 프레스룸으로 속속 몰려가고 있었다. 지금 더 이상 민하와 이야기를 나누기는 불가능했다.

"알았어. 거기서 기다리지."

사람들 눈이 많아 어차피 민하와 오래 이야기를 나눌 수가 없었다.

청와대에서 연구소로 온 래호는 하루 일을 마무리하고 민하와 만나기로 한 서브마린 바로 향했다.

바는 텅 비어 있었다. 외진 곳이라 평소에도 손님이 많지 않았다. 래호는 앉자마자 진을 주문했다. 잠시 후 민하가 들어서는 모습이 눈에 띄었다.

민하는 연보랏빛 짧은 스카프를 두르고 보라색 투피스 양장차림이었다. 비교적 기다란 단발머리가 늘씬한 키와 잘 어울렸다. 언뜻 보기에 기자라기보다는 패션 모델 같은 인상을 주었다.

"오래 기다리셨어요, 선생님?"

민하는 의자를 끌어당겨 앉으며 물었다. 밝은 표정의 민하를 보니 가라앉았던 래호의 기분도 한결 가벼워지는 듯했다.

오래 기다리지 않았다고, 방금 왔노라고 래호가 말했다.

"저녁 식사는 안 하셨죠?"

민하는 웨이터를 불렀다. 저녁삼아 대구살 크로켓과 리코타 치즈를 주문했다. 태도가 막힘없이 시원시원했다.

"민하야, 기사를 쓰기 전에 나랑 상의를 했어야지."

"리먼브라더스 인수 건 말인가요? 하지만 그건 사실이잖아요."

"사실이지. 하지만 그것을 기사로 만들면 안 돼. 그 정도는 눈치가 있어야지."

그러자 민하는 래호를 똑바로 바라보았다.

"선생님이 그날 밤 제게 메일을 보내셨잖아요. 그래서 그 사실을 기사화한 것이고 또 그 사실에 대해서 들은 적도 있었고요."

민하의 말을 정리하면 이랬다. 그날 누군가가 서브마린 바에 가면 래호를 만날 수 있다고 했다. 더불어 리먼브라더스 인수에 관한 소스도 얻을 수 있을 거라고 했다. 종종 정부에서는 정책을 발표하기 전에 언론에 흘려 민심의 반응을 슬쩍 떠보는 경우가 있었는데, 그것도 그런 것이라 판단하고 서브마린 바를 찾아왔던 것이라고 했다. 마침 여기서 래호를 만났고 정부 검토 중이라는 기사를 확인하려 했지만 웬일인지 묵묵부답이었다고……. 사실 이런 경우는 흔한 일이라서 그런가 보다 하고 돌아갔는데 데드라인이 임박해서 메일을 받았다는 것이다. 그것은 래호에게 온 것으로 정부 입장이 고스란히 담겨 있었고 또 풍문으로 떠도는 이야기와 어느 정도 일치해 망설일 필요가 없었다고 했다.

"그래서 기사화한 거예요. 다른 신문사에서는 전혀 다루지 않은 일종의 특종인 셈이었죠."

민하는 모처럼 특종을 잡아 국장의 칭찬을 들었다는 말을 곁들였다.

"하지만 난 민하에게 메일을 보낸 적이 없어."

"선생님이 메일을 보낸 적이 없다뇨?"

래호는 분명히 메일을 보낸 적이 없었다. 민하가 거짓말을 하는 것 같지는 않았고 누군가 래호의 이름을 사칭해 민하에게 메일을 보낸 게 틀림없었다.

"그럴 리가요? 분명 선생님 메일이었어요. 메일의 주인공은 우리가 만나 나눈 대화 내용을 모두 알고 있었어요. 전혀 의심할 만한 구석이 없었어요."

민하의 말이 맞을지도 몰랐다. 만일 누군가가 래호를 함정에 빠트리려고 했다면 충분히 가능한 상황이었다. 재건위원들의 인맥은 광범위했다. 전, 현직 정보원 하나 고용하는 것은 그들에게 아무 일도 아니었다.

"아무튼 저 때문에 곤란을 겪으셨다니 죄송해요."

"누군가 꾸민 짓이 분명해."

하지만 래호도 반성해야 할 점은 반성해야 했다. 어쨌든 민하는 기자다. 래호는 민하가 기자란 사실을 수시로 잊곤 한다. 기자 앞에서 아무 말이나 지껄여서는 안 된다. 이번 일로 인해 민하와 벽이 생긴다는 것은 서글픈 일이었다.

"그래서 어떻게 됐어요?"

"뭘?"

"제가 기사를 쓰는 바람에 선생님이 곤란해지셨겠군요."

민하는 비로소 사태의 심각성을 알아차리고 걱정스러운 눈빛으로 래호를 바라보았다.

래호는 괜찮다고 했다. 이미 지난 일이고 정부 쪽에서도 여론의 향방을 알 수 있는 기회니까 나쁘게만 볼 수는 없다고 말했다.

"저를 위로하시려고 그렇게 말씀하시는 거죠?"

래호는 고개를 흔들었다. 그러고는 염려하지 말라는 말을 되풀이할 뿐이었다.

민하는 이쪽 세계에 대해 전혀 무지한 것이나 마찬가지였다. 정치부 기자와 청와대 출입기자는 완전히 다른 세계이다. 다른 생각, 다른 세계관, 그리고 다른 방식으로 접근해야 하는 곳이 바로 이쪽 세계였다. 굳이 민하를 탓할 수만은 없다고 래호는 생각했다. 어쨌든 래호도 민하도 둘 다 똑같이 실수를 했다.

"참, 저, 다음 달에 미국에 가요."

민하는 이번 워싱턴 방문 대통령 순방기자단에 선발되었다고 했다.

대통령이 외국 순방 시에는 의례적으로 수행기자단을 꾸린다. 이번에도 청와대에서 수행기자단을 꾸렸는데 거기에 민하가 포함이 되어 있었다. 청와대 출입기자 중 여기자가 적다 보니까 아무래도 기자들 중에 여자를 우선시했던 모양이었다. 300명이나 되는 청와대 출입기자단 중에서 대통령 수행기자단 10명에 선정되는 일은 쉬운 일이 아니었다. 대통령과 함께 미국 백악관, 혹은 영국왕실을 방문하는 것은 일생 중 한 번 올까 말까 하는 좋은 기회였다.

청와대 출입기자단 소속 기자들은 대통령이 해외순방할 때 수행단 기자단에 뽑히고 싶어서 안달이다. 기자들은 순방단에 선정되기 위해 갖은 로비를 하는 등 극성을 부렸다. 한데 얌전히 있던 민하가 뽑혔다. 래호는 왜 민하가 수행단에 선발되었는지 정확한 이유를 알지 못했다. 여기자라는 점과 영어를 유창하게 한다는 점이 참작된 것 같고 동양인답지 않게 훤칠한 키도 한몫했을 거라 넘겨짚을 뿐이었다.

한데 민하는 가지 않겠다고 고집을 부렸다.

"선생님, 저 안 갈래요."

기자들이 대통령 순방 때 순방기자단에 선정되는 것은 그리 쉽지 않은 일이었다. 청와대 출입기자단에 선정된 것도 영광이지만 이렇듯 해외순방단 수행기자단에 뽑히는 것은 행운이랄밖에 달리 설명할 수가 없는 일이었다. 한데 가지 않겠다니, 래호로서는 민하의 행동이 이해가 가지 않았다. 왜 그러느냐고 래호가 물었다.

"선생님을 놔두고 갈 수가 없어요."

그제야 래호는 민하의 마음을 알 수가 있었다. 래호를 돕지 못할망정 훌쩍 해외여행을 갈 수가 없다는 것이 그녀의 마음이었다. 그렇다고, 민하가 국내에 남아 있는다고 해서 뾰족한 수가 있는 것도 아니었다.

괜찮다고, 래호는 민하의 등을 떼밀었다. 대통령 순방 수행기자단은 그 성격상 대통령과 지근거리에서 많은 대화를 나눌 수가 있다. 청와대 출입기자에게 그럴 기회는 흔치 않은 것이다. 오히려 대통령과 대화를 하고 좋은 정보를 캐치해서 자신에게 알려주는 것이 자신을 돕는 것이라고 민하를 설득했다. 사실 대통령으로부터 좋은 정보가 나올 리가 만무했다. 중요사항이라도 대통령이 비보도를 요청하면 기사화하기 힘든 것이다. 그 설득이 먹혀들었는지 결국 민하는 해외 순방길에 올랐다. 민하 또한 데스크의 압력을 이겨낼 방법이 없었는지도 몰랐다. 자신이 가고 싶지 않다고 해도 데스크에서 가라고 하면 갈 수밖에 없는 것이 기자의 운명이었다.

래호는 미국에 가는 김에 자신의 친구를 만나보라고 말했다.

그 친구를 만나면 리먼브라더스 사태의 본질과 노란토끼가 무엇인지 알 수 있을 거라 생각되었다. 특히 노란토끼 문제는 국제통화로 하기에 위험한 일이었다. 미국 혹은 일본 정보부의 감청기술은 세계 제일이었다.

'미국 은행가협회ABR 뉴욕 월스트리트 지부장 리처드 파커스'

"이 사람을 찾아가봐. 무슨 도움을 줄 거야."

리처드는 한때 래호가 미국 뉴욕에 있을 때 함께 일하던 동료였다. 모르긴 몰라도 리먼브라더스 사태의 본질에 대해서 뭔가 알고 있을 것 같았다.

# 노란토끼

해외순방단의 목적지는 미국 백악관이었다. 1박2일이라는 순방 동안 개별행동은 금지되어 있었다. 비행기에 오르기 전 청와대 홍보수석은 기자단을 모아놓고 개별행동을 해서는 안 된다고 몇 번씩 당부를 했다.

결국 민하가 래호의 부탁을 들어주기 위해서는 잠자는 시간을 쪼개는 수밖에 없었다. 다행히 기자단의 숙소는 백악관 인근에 있는 호텔이었다. 하지만 호텔에서 뉴욕 월스트리트까지는 385킬로미터 떨어져 있었다. 차로 꼬박 4시간을 달려야 갈 수 있는 거리였다. 비행기도 예약되어 있지 않았고 설사 비행기로 간다 해도 그날 밤 바로 돌아올 수 있을는지 알 수도 없는 상황이었다. 우선 기자단 단장에게 뭐라 해야 할지 변명거리가 생각나지 않았다.

하는 수 없이 민하는 래호에게 전화로 이런 사정을 알려야 했다

"어떻게 하죠?"

"설마 내가 워싱턴에서 뉴욕까지 가라고 할까 봐?"

태평양 건너에서 웃는 래호의 웃음소리가 들려왔다. 웃음소리는 옆에 있는 것처럼 가깝게 들렸다.

"걱정 마. 일주일 전에 벌써 리처드가 비행기 표를 끊어놨으니까. 리처드가 그리로 갈 거야. 저녁에 워싱턴에 있는 그랜드 호텔로 가 봐. 거기 레스토랑에서 저녁을 먹으면서 리처드하고 데이트를 즐기라구."

"저 때문에 일부러 오시는 거예요?"

"할 수 없잖아. 하지만 겸사겸사 해서 가는 거야. 워싱턴에 리처드가 만날 사람은 수도 없이 많아. 진작 일정을 잡아놓은 거라구. 물론 내가 부탁을 했지만……."

민하는 알겠다고 했다.

저녁에 청와대 홍보수석이 기자단과 저녁을 함께 한다고 기자단에 공지가 내려왔다. 하지만 민하는 단장을 찾아가 자신은 저녁 모임에 참석할 수 없다고 말했다. 단장이 왜 그러냐고 꼬치꼬치 묻기에 워싱턴에 있는 친지를 만난다고 적당히 둘러댔다.

그랜드 호텔은 민하가 묵고 있는 호텔에서 두 블록 정도 떨어져 있었다.

민하는 시간 맞춰 워싱턴 그랜드 호텔 안에 있는 레스토랑으로 찾아갔다. 카운터에서 리처드 씨를 만나러 왔다고 하자 웨이터가 친절하게 리처드가 앉아 있는 자리로 안내를 했다.

래호가 또래라고 했지만 래호보다 훨씬 젊어 보였다. 큰 키에 날씬한 몸매를 지닌 근사한 중년사내였다. 그는 회색 로로 피아나 양복을 입고 앉아 신문을 읽고 있다가 민하를 맞이했다.

민하는 헬로? 하고 인사를 했다.

그는 민하를 보자 자리에서 일어나 손을 내밀며 악수를 청했다. 둘은 서로 몇 마디 인사를 더 나눈 뒤 자리에 앉았다.

리처드는 무엇을 먹겠느냐고 물으며 메뉴표를 민하에게 건넸다. 민하는 연어알 품은 왕새우구이와 샐러드를 주문했고, 리처드는 스테이크와 와인을 주문했다. 민하는 긴장을 해서인지 배가 그다지 고프지 않았다.

음식 주문이 끝나자 리처드는 래호가 잘 있느냐고 물었다. 래호를 만난 지 오래되었다면서 요즘은 어떻게 지내느냐고 궁금해했다. 민하는 래호는 건강하며 잘 지내고 있다, 안부를 전해 달라고 했다는 말을 잊지 않았다.

민하에게는 시간이 별로 없었다. 상대도 마찬가지였다. 식사가 나오고 식사를 하면서 민하는 래호가 시킨 대로 여러 가지를 물었다.

"녹음을 하거나 기사화해서는 안 됩니다."

남자는 이미 민하가 기자라는 것을 알고 있었다. 민하는 알겠다고 했다. 현재 녹음 따위는 하지 않고 있으며 물론 기사화할 일도 없을 거라고 말했다. 지극히 사적인 부탁을 받고 만나는 일이므로 자신을 그저 래호라고 생각하고 자연스럽게 이야기를 나누자고 했다.

그는 좋다고, 만족한다고 말했다.

우선 민하는 리처드에게 리먼브라더스의 위기와 일본과의 관계를 물어보았다. 가장 중요한 질문이기 때문에 먼저 하는 것이 좋다고 생각했기 때문이다.

"리먼이 일본에 손을 내밀었던 것은 사실입니다. 물론 한국에도 손을 내밀었습니다. 하지만 실지로 일본이나 한국이 리먼을 도왔다고 해도 리먼은 어차피 파산할 겁니다. 그건 일종의 시나리오이기 때문입니다."

"시나리오라뇨?"

"아직 정확한 것은 저도 알 수가 없습니다. 하지만 두 가지 시나리오가 존재한다고 생각하는 것이 좋습니다. 하나는 유태자본의 분열이고 또 하나는 유태자본이 세계공황을 유도하고 있다는 것이지요."

"무슨 말인지 잘 모르겠습니다. 보다 자세한 설명 부탁드립니다."

"좋습니다."

리처드는 입을 축이려는 듯 와인을 조금 마셨다.

민하는 아직도 리처드의 말을 못 미더워하는 눈치였다. 그도 그럴 것이 세계자본을 쥐고 흔드는 유태인 국제자본이 분열이 되었다는 것은 충격적인 소식이었다. 그들이 누구인가? 수백 년 동안 세계자본을 쥐고 흔들며 미국경제를 실질적으로 지배하고 있는 자들이 아닌가.

미국의 대표적인 유태 사업가 집안인 록펠러가家가 지배하고 있는 것만 살피더라도 어마어마하다. 이 집안은 세계적인 은행과 보험회사를 소유하고 있다. 뿐만 아니라 엑슨, 텍사코, 스탠더드 등 세계 3대 메이저급 석유회사를 소유하고 있었고 GM, 포드, 크라이슬러 같은 자동차회사, 또 IBM, US스틸, GF, GE 등을 갖고 있었다. 그 밖에 세계 각처에 200개에 이르는 대기업을 거느리고 있었다. 세계에 산재해 있는 유태계 록펠러가의 재산을 합하면 일본의 GNP를 능가할 정도이다. 한데 록펠러가의 재산은 전체 유태자본의 일부분에 불과한 것이다. 몰간, 듀퐁, 멜론, 거기에다가 시티코프 및 뉴욕금융자본그룹 등이 있다. 이들의 자본력은 미국은 물론 세계 자본시장을 쥐락펴락한다고 해도 과언이 아니다. 그런데 그들 사이에 내분이 일어났다는 소식은 충격적이었다. 그보다 더 우려스러운 것은 그들이 세계대공황을 유도하고 있다는 말이었다.

"우리도 처음에는 긴가민가했습니다. 워낙 한 치의 빈틈도 없이 움직이는 자들이라 혹시 잘못된 정보가 아닌가 했지요. 하지만 이번 리먼브라더스가 파산되는 과정 속에서 우리 측에서 그들 사이에 내분이 벌어졌다는 것을 감지했습니다. 리먼브라더스 파산 사태가 비록 미국의 서브모기지라임 사태에서 비롯된 것이긴 하지만 유태자본이 마음만 먹는다면 얼마든지 수습할 수가 있는 것이거든요. 한데 그 수습 과정에서 정착 유태인들과 이산 유태인들 사이에 이견이 생겼습니다. 그것은 해묵은 종교관행이기도 하지만 실질적으로는 파워게임이라 해도 과언이 아니지요. 알다시피 리먼브라더스의 실질적인 지배주주는 유태인들입니다. 한데 막강한 결속력을 가진 유태자본이 리먼브라더스가 무너지는 데도 불구하고 움직이질 않았어요. 아니 오히려 그들 자본이 이탈되면서 리먼이 무너졌다고 보는 것이 옳지요. 그래서 우리들은 시나리오가 있다고 단정하는 겁니다."

덧붙여 그는 내분의 이유는 아직 모르겠다, 내분이 일어난 진짜 이유를 알기 위해서는 좀 더 많은 시간이 필요하다고 말했다.

"아직 좀 더 분석을 해봐야겠지만 그들이 리먼을 위기에 빠트린 것은 둘 중 하나입니다. 세계적인 금융위기를 조장하여 그들의 자본지배력을 확대시킬 의도거나, 내분에서 비롯된 그들의 실수라고 봐야겠지요."

"그렇다면 이번 일에 왜 일본이 개입을 했나요?"

민하는 애써 일본과 리먼브라더스 간의 관계를 알고 싶다고 말했다.

"일본이 개입을 한 것이 아닙니다. 유태인그룹에서 먼저 일본에게 손을 내밀었습니다. 일본을 끌어들인 것은 유태그룹 일부분인지, 혹은 전체의 의견인지는 불분명합니다."

"그럼 그들 사이에 어떤 조건이 오고 갔는지 그 내막을 알 수가 있을까요?"

"그건 알 수가 없습니다. 하지만 상당히 큰 규모의 자본이 움직일 거라는 이야기를 들었습니다. 일본이 유태그룹을 지원하는 대가로

뭔가 상당히 큰 혜택을 받는다는 이야기가 있습니다. 아마 일본의 미국 내 채권, 즉 국채가 아닌가 추측하고 있습니다. 일본이 미국 내 채권을 처분할 권리만 획득한다고 해도 엄청난 일입니다. 알려진 것과 다르게 일본은 미국 국채를 마음대로 처분할 수가 없습니다. 지금까지는 일정 금액 이상은 제약을 받아왔습니다. 그 한도를 풀어준다는 것이지요."

"무슨 소리인지 이해가 안 되는군요. 조금 더 자세히 설명해 주실 수 없을까요?"

리처드는 미소를 띠며 고개를 끄덕였다.

"아시다시피 유태자본은 전 세계 국제자본의 헤게모니를 쥐고 있습니다. 전후 일본을 부흥시킨 것도 유태자본이었고 칠팔십 년대 한국에서 한강의 기적을 만든 것도 유태자본이었습니다. 유태자본은 전 세계에 유태인의 이면국가건설을 목표로 한 세계정부를 건설하기 위해 총력을 기울이고 있습니다. 그러기 위한 수순으로 일본이라는 세계공장이 필요했고 소련의 남하를 저지할 수 있는 한국이라는 군사적 전초기지가 필요했습니다. 그들로서 두 나라 모두에게 투자가치가 있는 부문이었죠. 공장과 군사기지를 위해서 유태인들은 일본과 한국에 아낌없는 투자를 했습니다. 그 결과 일본은 성실하게 물건을 만들어 그들에게 좋은 물건을 납품했고 한국의 군사기지는 튼튼해져서 공산주의의 남하를 막아내는 억지력을 발휘하는데 성공했습니다.

하지만 그들은 여전히 일본에게 납품대금을 지불하지 않았습니다. 일본은 물건을 만들어 팔고 그 대금을 아직 받지 못한 것이지요. 통계상 일조 달러 가까운 일본자본이 미국에 묶여 있는 상태입니다. 통상적으로 알려진 오천칠백억 달러와 제삼국 명의로 된 사천억 달러가 그렇습니다. 미국은 전후 육십 년 이상 일본에게 납품대금을 미루고 대신 채권을 발행해 왔습니다. 물론 납품대금 전부를 채권화시킨 것은 아닙니다만……. 일본과 미국이 개인국민소득이 비슷한데도 생활상의 차이가 나는 것은 바로 이런 이유에서입니다. 한데 분열된 유태자본의 한쪽에서 일본에 지원을 요청해 왔고, 자신들을 지원해 준다면 미국 내에 있는 일본자본, 즉 묶여 있는 채권을 풀어주겠다는 조건을 내건 것 같습니다."

"그것이 바로 노란토끼라는 것인가요?"

"그렇습니다. 그들은 종종 그 자본을 노란토끼라고 부르곤 했습니다."

"유태인 금융그룹을 돕는 대신 노란토끼를 풀어주겠다는 거군요."

민하는 다시 한 번 확인차 물어보았다.

리처드가 고개를 끄덕거렸다.

"한데 노란토끼로 한국을 치겠다고 가정을 한다면 유태그룹에게도 손해가 나는 일이지 않겠어요. 그들이 그 사정을 알면서도 노란토끼를 풀어줄까요?"

"꼭 그렇지만은 않습니다. 유태인들은 감정보다 이성을 내세우는 종족입니다. 종교적으로는 꽤 감정적이지만 경제에 관한 한 꽤 이성적입니다. 한번 볼까요? 소련이 무너졌습니다. 중국은 자본주의 체제에 편입되었으며 북한이 힘을 잃었습니다. 이제 한국의 전초기지 역할은 끝났습니다. 그들이 방해를 할 이유도, 필요성도 느끼지 못할 겁니다. 만일 일본이 노란토끼를 한반도에 풀어놓는다고 해도 상관하지 않을 것입니다."

듣기에 따라서는 소름끼치는 이야기를 리처드는 아무렇지도 않게 해나갔다.

"정말 믿기지 않는 이야긴데 그런 사실이 현실화될까요?"

리처드는 담담한 어조로 말했다.

"노란토끼를 손에 얻게 되면 일본으로서는 운신의 폭이 넓어집니다. 일조 달러 중 적어도 오천억 달러를 마음대로 움직일 수가 있습니다. 그 가용자본으로 한국의 우량기업들을 사들이거나 순식간에 외환시장을 무너뜨릴 수도 있습니다. 현대는 무기전이 아니라 금융전인 것입니다."

"노란토끼로 한반도를 칠 수 있다는 말이군요."

민하가 낮은 목소리로 말했다. 그러자 리처드가 말없이 고개를 끄덕였다.

"영락없이 미국자본으로 위장한 일본자본이지요. 노란토끼가 일본자본이라는 것을 눈치 챌 수 없을 겁니다. 육십 년 동안 세탁을 거친 자본이니까요."

"그럼 그들이 한국에 리먼 인수를 추진한 배경은 뭔가요?"

"그것은 조심스러운 이야기입니다만, 모라토리엄을 유도하기 위한 전략이 아닌가 생각하고 있습니다. 세계 십일 위의 경제대국인 한국이 무너지면 손쉽게 세계공황을 일으킬 수가 있으니까요. 리먼을 인수한다는 것은 사실상 자살행위입니다."

▶▶▶

GIA 중앙본부 IT 정보팀에서 효찬에게 지혜의 여신 아이피 추적 자료를 건넸다. 아이피 진원지는 예상했던 대로 서울 시내 PC방이었다. 각 PC방을 전전하며 글을 올린 것 같았다. 한데 유독 두 군데만이 아이피가 동일했다. 그곳은 경기도 여주에 있는 능현리였다. 효찬은 우선 능현리를 찾아가는 것이 PC방을 뒤지는 것보다 수월하다고 생각했다.

효찬은 차를 몰고 여주 능현리로 향했다.

능현리는 작은 마을이었다. 마을 중앙으로 엇비슷하게 일차선 도로가 나 있었고 마을은 산발치 아래 듬성듬성 집들이 흩어져 마치 부챗살처럼 퍼져 있었다. 전형적인 농촌 마을이었다.

효찬은 버스 정류장에서 가장 가까운 동네 가게로 들어갔다. 오십대 중반의 아주머니가 가게를 지키고 있었다. 효찬은 이온음료를 사서 마셨다. 그리고 주인아주머니에게 혹시 이 마을에 베아트리체라는 수녀원을 알고 있느냐고 물었다. 베아트리체 수녀원은 능현리에서 지혜의 여신이 인터넷에 접속한 장소였다.

"수녀원 찾는 게 뭐 그리 어렵누. 여기서 도로를 쭉 따라 걷다 보면 팻말이 보이지. 베아트리체라고. 거긴 산길을 쪼매 걸어 들어가야 하는데."

"감사합니다."

가게 아주머니 말대로 차를 몰고 얼마가지 않아 도로에서 갈라지는 길이 나오고 깎아 세운 커다란 돌 위에 검은 글씨로 베아트리체 수녀원이라는 글씨가 또렷이 박힌 바위가 보였다. 수녀원으로 들어가는 이정표인 듯했다.

여기서부터 수녀원까지는 외길이었다. 시멘트 포장도로였지만 차 한 대가 겨우 다닐 수 있는 길이었다. 마치 현세와 이승 사이로 난 경계의 길을 가듯 효찬은 조심스레 차를 몰았다.

수녀원은 쉽게 나타나지 않았다. 아주머니는 조금 가면 된다고 했는데 조금이라는 것이 얼마를 이야기하는 것인지 효찬으로서는 도무지 감을 잡을 수가 없었다.

누구 지나가는 사람이라도 있으면 물어보련만 사람은 흔적조차 없었다. 외길이었기 망정이지 중간에 갈라지는 길이 있었더라면 영락없이 길을 잃을 처지였다.

수녀원 문은 굳게 닫혀 있었다. 게다가 두터운 철문이었다. 철문과 수녀원 본 건물 사이에는 넓은 정원이 있었고 정원에는 크고 작은 나무들이 자라고 있어 마치 울타리 쳐진 숲 가운데 수녀원 건물이 자리하고 있는 것만 같았다. 수녀원은 적막 가운데 고즈넉이 놓여 있었다.

다행히 문기둥에 초인종이 달려 있었다. 효찬은 초인종을 힘차게 눌렀다. 한 번, 두 번, 세 번째 누르려고 하자 여자의 목소리가 들려왔다.

"누구세요?"

고운 여자의 목소리였다. 모처럼 사람 목소리를 듣자 효찬은 반가웠다.

"저 뭣 좀 여쭤보려고 합니다. 경찰입니다."

효찬은 할 수 없이 경찰이라고 했다.

"경찰분이 여긴 웬일이세요?"

"뭐 여쭐 말이 있어서 왔습니다."

"오늘 일과는 끝났습니다. 내일 낮에 오세요."

건너편 수녀의 목소리는 분명하고 단호했다. 매몰차게 대하는 얼굴 모르는 수녀가 효찬은 야속하기만 했다.

"어떻게 잠깐 뵐 수가 없을까요? 제가 멀리 서울에서 왔습니다. 협조 바랍니다."

그제야 탁, 하는 요란한 소리와 함께 문이 열리는 것이었다. 문에 들어서자 정원 가운데로 땅에 돌을 박아 만든 길이 나란히 하얗게 보였고 그 길 끝에서 수녀가 한 명 조용히 걸어왔다.

"이리 들어오세요."

효찬은 조심스럽게 수녀를 따라 수녀원 안으로 들어갔다. 수녀는 홀을 지나 작은 거실로 효찬을 안내했다. 작은 거실에는 나이가 많은 수녀가 다소곳이 앉아 있다가 효찬이 들어가자 일어나며 인사를 했다. 그녀는 효찬을 향해 미소를 지어 보였다.

효찬은 노수녀가 안내해 준 소파에 앉았다. 자리에 앉자마자 뭐 좀 드시겠느냐고 젊은 수녀가 물었다. 효찬은 괜찮다고 했다.

"늦은 시간에 찾아와서 죄송합니다."

"괜찮아요, 어쩔 수가 없잖아요. 세상일이란 게 규칙대로만 될 수는 없으니까요."

효찬은 부드러운 노수녀의 말을 듣자 다소 안심이 되었다. 다소 경직되었던 젊은 수녀의 얼굴도 상대가 예의 바른 남자라는 것을 확인하자 한껏 부드러워졌다.

효찬은 자신을 안내해 준 수녀가 가져온 차를 마셨다. 처음 맛보는 따듯한 차였다.

효찬이 차를 마시는 동안 노수녀는 잠자코 효찬을 바라보았다. 얼마든지 기다려주겠다는 태도였다. 그녀는 질문보다 대답을 기다리는 듯했다.

"누구를 찾고 있습니다."

"누구를 말인가요?"

노수녀는 침착하게 되물었다. 어떤 연유가 있을 거라 짐작하는 눈치였다. 그제야 효찬은 서류를 건네면서 간략하게 수녀원을 찾아온 용건을 말했다.

"지혜의 여신?"

노수녀는 약간 당황한 기색을 보이면서 효찬 곁에 앉은 젊은 수녀를 바라보았다. 지혜의 여신이 누구냐고 묻는 눈빛이었다.

"마리아, 누구지?"

마리아라 불리는 수녀는 노수녀에게 차근차근 설명을 해댔다.

다행히 마리아라는 젊은 수녀는 지혜의 여신에 대해 잘 알고 있었다. 깊은 산골 수녀원 안까지 지혜의 여신이라는 인터넷 논객의 명성이 알려진 것을 보면 정부에서 그의 신원을 파악하라고 지시를 내린 이유를 알 것 같았다.

"그날 이곳에서 인터넷에 접속한 사람에 대해서 알고 싶습니다."

"그날이면?"

효찬은 수첩에 메모한 기록을 들여다보았다.

"8월 15일입니다."

두 수녀는 곰곰 생각에 잠겼다. 잠깐 기다리라면서 마리아 수녀가 일어났다. 수녀는 거실 옆 사무실 안으로 들어가더니 두툼한 일지 묶음을 갖고 나왔다.

"능현리 홍하중 형제님 어머님 장례식 때군요."

"아, 알겠다. 광복절 날."

노수녀가 맞장구쳤다. 이어 마리아라는 수녀가 말했다.

"그날 상주가 수녀원에 찾아온 적이 있습니다."

"상주라면 누구죠?"

"홍하중 씨 따님입니다. 웬 남자분하고 같이 왔었는데요."

"그분들이 여기서 인터넷에 접속한 적이 있습니까?"

효찬은 다소 사무적인 어투로 물었다.

"글쎄요. 오래전이라 잘 기억이 나지 않습니다."

효찬은 수녀들로부터 홍하중 씨 가족에 대해서 좀 더 많은 정보를 캐내고 싶어 여러 가지 질문을 던졌다. 하지만 두 수녀는 잘 알지 못하고 있었다. 다만 홍하중이라는 사람이 살고 있는 집을 상세히 가르쳐주었다.

▶▶▶

래호가 자신의 사무실인 다산경제연구소를 방문하는 시각은 대체로 정확하고 규칙적이었다. 대개 아침 9시경에 사무실이 있는 빌딩 아래에 도착했다. 그리고 빌딩 1층에 있는 베이커리에 들러 따듯한 우유와 빵 한 조각을 사들고는 5층 사무실까지 걸어 올라갔다. 오늘도 마찬가지였다. 그러나 오늘은 다른 날과는 달랐다. 5층에 다다른 래호는 사무실 문이 반쯤 열려 있는 것을 발견했다. 어젯밤 분명히 문을 잠가놓고 갔다. 문이 열려 있을 리가 없었다. 어제 저녁 문단속을 하고 퇴근을 한 게 틀림없었다. 래호는 황급히 사무실 안으로 들어갔다.

과연 사무실 안은 누군가의 침입으로 엉망이 되어 있었다. 사무실에서 무엇을 찾으려고 했는지 이것저것 마구 뒤진 흔적이 역력했다. 서랍은 열려 있었고 컴퓨터는 켜져 있었으며 서류뭉치가 바닥에 흩날리고 있었다. 선인장 꽃이 피어 있는 화분이 떨어져 깨져 있었다.

래호는 생각이 난 듯 부리나케 책상 위에 올라가 조심스럽게 천장의 한쪽을 밀쳤다. 석고보드로 된 책받침 크기의 물체가 들어 올려졌다. 래호는 조심스럽게 천장을 더듬어 하드케이스를 꺼냈다.

다행이 하드는 안전했다.

래호는 다시 하드를 천장 안쪽으로 밀어 넣었다. 그리고 조심스레 석고보드를 닫고는 책상 위에서 내려왔다.

래호는 담배에 불을 붙여 물고 창밖을 내다보았다. 무표정한 얼굴로 거리를 걷는 사람들, 요란한 엔진 음을 울리는 버스, 그리고 승용차의 물결이 거리를 메울 뿐 아무 곳도 수상한 기미는 보이지 않았다. 래호는 대충 사무실을 정리하고 천천히 사무실 안을 거닐었다.

민하가 뉴욕에서 가져온 소식은 래호에게 충격적이었다.

유태인들과 일본인들 사이에 모종의 거래가 있었다는 것과 그것이 미국 내 일본채권을 풀어준다는 것은 위험천만한 일이었다. 만일 이대로 일이 성사가 된다면 일본의 국내 자본지배는 명확한 일이 될 것이다. 마치 유태인들이 금융자본으로 미국의 정치와 경제를 휘어잡아 이면국가를 세웠듯이 일본 또한 국내에 막대한 자본을 투입해 이면국가를 세울 수 있는 충분한 조건이 되는 것이다. 하지만 유태인 금융그룹이 분열되었다는 이야기는 믿을 수가 없었다. 물론 리처드가 허튼 소리를 할 사람은 아니라는 것은 누구보다도 래호가 잘 알고 있었다. 그렇지만 아무래도 이해가 가지 않았다. 유태인들은 절대 분열되지 않는다는 것이 역사적으로 증명이 되었다. 그들은 세계 어느 곳에 흩어져 있더라도 분열되어 본 적이 없는 민족이었다.

그리고 또 한 가지. 그들이 일본을 움직여 얻고자 하는 것이 무엇일까 하는 것이다. 그들은 이미 미국과 일본의 자본을 통제할 수 있는 능력이 있다. 한데 그들이 일본의 자본침략을 방관하는 이유가 무엇일까. 민하가 가져온 병참기지론만으로는 부족했다. 유태인들과 일본 간의 모종의 거래가 있다는 것이 사실일까. 그리고 이 마당에 리먼을 파산시켜 세계금융위기를 조장하고 세계경기를 얼어붙게 만든 다음 그들이 움직이려는 최종 목적은 과연 무엇인가. 래호로서는 그 내막을 알 수가 없었다. 하지만 몇 가지 추측은 할 수가 있었다.

종교적으로 유태인들의 최종 목적은 아마겟돈이었다. 인류 최후의 전쟁이라는 아마겟돈은 지금의 시나이반도에서 벌어지는 것으로 기획되었다. 그들은 《구약성서》에 기록된 이야기를 철저히 믿고 있었다. 그리고 오래전부터 아마겟돈에 대비하고 있었다. 천년왕국의 우두머리 정부가 되기 위해서는 《구약성서》에 예언된 아마겟돈이 반드시 실현되어야 했다. 그러기 위해서는 《구약성서》에서 지목하고 있는 러시아가 중동전에 반드시 참가해야 했다.

러시아는 팔레스타인 정부 총선에서 승리한 하마스를 눈여겨보고 있었다. 하마스는 이스라엘에 대해서 여타 정파에 비해 강경했다. 하마스는 이스라엘과 맞서기 위해서는 팔레스타인이 무장을 하는 것이 지름길이라고 주장해 왔고 이러한 강경 주장은 중동에 대한 영향력을 늘리려는 러시아의 이해관계와 맞아떨어졌다. 러시아는 하마스 지도부에게 군사고문을 자처하고 나섰다. 그리고 러시아의 풍부한 물자를 바탕으로 한 군사적 지원도 제공할 수 있다는 제스처를 했다. 바다와 이스라엘로부터 철저히 고립된 하마스는 러시아의 유혹을 물리칠 재간이 없었다. 하마스 지도부는 러시아와 의견을 조율한 뒤 러시아를 방문했다. 양 수뇌부는 러시아에서 구체적이고 실질적인 군사원조에 대해 폭넓게 의사를 교환했다. 이처럼 러시아가 하마스에게 구애의 손길을 보내는 것은 중동에 오래전부터 자리 잡고 있는 반미 정서를 이용하여 자신들의 영향력을 확대하려는 것이었다. 물론 가장 원초적인 이유는 중동의 석유였다. 중동은 형제국가였다. 팔레스타인을 돕는 것은 곧 중동의 모든 나라를 돕는 것으로 인식이 되는 것이다. 이스라엘 입장에서 러시아의 중동 진출은 필연적인 일이었다. 그것은 이미 《구약성경》 이스마엘에서 예언을 했기 때문이다. 러시아는 아마겟돈의 조연으로서, 빠져서는 안 되는 나라였다. 때문에 하마스를 지원하는 러시아를 이스라엘은 가만히 지켜보고 있었다. 러시아의 행동을 보면서 이스라엘, 더 나아가 범유대인들은 이제 피할 수 없는 아마겟돈이 다가오고 있다고 생각했다. 즉 서구문명과 동방의 왕들로 일컫는 이슬람과 러시아 그리고 중국에 의한 아마겟돈 전쟁이 바야흐로 목전에 다가온 것이다.

리처드가 보낸 자료에는 민하에게 언급하지 않은 중요한 자료가 몇 개 더 첨부되어 있었다. 그것은 아마겟돈이라 불리는 최후의 전쟁에 관한 이야기였다. 이 아마겟돈에 관해서도 래호는 익히 알고 있었지만 구체적인 자료는 처음 접하는 것이었다.

'1927년부터 시작된 세계대공황으로 몰락한 미국의 은행은 9700개에 다다른다. 이때 유태자본은 기다렸다는 듯이 파산된 은행들을 헐값에 집어삼켰다. 막강한 자본력을 갖추고 있는 유태자본에게 세계대공황은 그야말로 금융지배력을 넓힐 수 있는 절호의 기회였던 것이다. 하지만 2008년에 들어와 새로운, 1927년과는 비교할 수도 없는 세계대공황이 준비되고 있었다. 세계대공황은 천천히, 그리고 장기적으로 세계를 짓누를 것이다. 그리하여 지금까지와는 전혀 다른 새로운 경제질서가 도래할 것이고 그동안 숨죽이고 있던 유태인 금융조직이 전면에 나타날 것이다. 세계경제질서를 장악하는 이번의 시나리오는 실질적으로 세계정부라는 그동안 그들이 추구했던 목표를 달성키 위한 조치로 보인다. 그리고 세계대공황과 더불어 아마겟돈이 준비되고 있다. 인류 최후의 전쟁이라 불리는 아마겟돈은 세계대공황과 마찬가지로 결국 세계정부를 최종 목표로 하고 있다.'

리처드가 보낸 자료에는 노란토끼에 대한 언급이 부족했다. 왜 리처드는 노란토끼에 관해 민하에게만 언급을 하고 자료에는 싣지 않았을까. 보안이 새어나갈까 두려워한 것 같았다. 과연 세계대공황을 일으키는 저의가 유태자본이 세계정부를 구성한다는 목표였다면 과연 일본을 움직이는 이유가, 일본을 통해 한반도의 자본지배력을 높이려는 이유가 무엇일까. 그 이유에 대한 설명도 없었다. 하지만 한 가지 래호는 추론할 수가 있었다. 그들이 만약 세계대정부를 구성하기 위해 세계적인 대공황을 일으키고 아마겟돈이라는 최후의 전쟁을 벌이기 위해서라면 동업자가 필요했을 것이다. 동업자로서 60년 동안 수족처럼 움직여온 일본이야말로 그들에게는 적절한 대상이 아니었을까. 또 일본은 과거 제2차 세계대전 당시에도 독일의 나치정권과 공동전선을 펴서 세계를 아비규환에 빠트린 전력이 있었다. 일본은 한반도에서 지배력을 확충한 다음에는 직접적으로 러시아와 중국에 부딪히게 될 것이다. 그들의 북진정책에 위협을 느낀 중국과 러시아, 특히 강대국으로 부상하는 중국과 대적하는 사이에 세계정부 기획자들은 중동에서 아마겟돈을 치를 준비를 하는 것이 아닐까.

그들의 예언서대로라면 구소련, 지금의 러시아를 시나이반도로 끌어들여야 했다. 러시아를 시나이반도까지 끌어오려고 하면 석유를 미끼로 한 중동전밖에 없었다.

산업은행의 리먼 인수에 관한 토의는 더 이상 진척되지 않았다. 그렇다고 인수팀이 철수한 것은 아니었다. 그리고 정책위에 보낸 래호의 보고서에 대해서는 아무런 답변도 없었다. 예상은 했지만 실망스러운 것이었다.

정책위에서는 자료의 타당성을 분석한 뒤 정책안을 만들어 대통령에게 보고하면 대통령은 정책위와 재건위의 어드바이스를 참조삼아 정책으로 결정하는 것이다. 국회로 넘길 문제는 국회로 넘기고 대통령령으로 공표할 것은 공표하면 되는 것이다. 하지만 아무리 기다려도 답신이 오지 않았다.

언제까지 기다릴 수만은 없는 문제였다. 일단 둑이 터지면 걷잡을 수가 없다. 래호는 청와대 경제정책 연구원으로 있는 성구에게 전화를 걸었다. 안건 처리 여부를 알고 싶었기 때문이었다. 성구는 알아보겠다고 했다. 그리고 며칠 후 성구로부터 전화가 걸려왔다.

"그 보고서는 보류되었습니다. 선생님."

"보류라니?"

"검토 중에 보류되었다고 합니다."

"그건 대통령 지시사항이야."

"전 잘 모르겠습니다. 아무튼 결과는 그렇습니다."

래호가 정책위에 제출한 보고서는 대통령에게 보고조차 되지 않았다. 물론 정책위에서 제동을 걸면 대통령에게 보고가 올라가지 않는다. 대통령도 정책위에 보내라고 했지 대통령 자신에게 직접 보고하라고는 하지 않았다.

래호는 경제정책 수석비서관에게 전화를 걸었다. 곧 수석비서관의 카랑카랑한 목소리가 들려왔다.

"내가 보낸 자료가 아직도 보류 중이라니 어떻게 된 일입니까?"

"리먼 말이오?"

"그렇습니다."

"그건 타당성이 없는 자료예요. 정책위에서 검토했지만 사실과 합당하지 않다는 결론을 내렸고 그래서 대통령에게 보고하지 않은 것이오."

"그럴 리가요. 제 모델링에 의하면……."

"그 따위 사이비 모델링으로 분석한 자료를 국가정책에 반영하라는 거요? 당신 도대체 정신이 있는 거요 뭐요? 멀쩡한 회사를 두고 파산을 할 거라니……. 만일 리먼이 파산하지 않는다면 당신이 책임질 거요? 그때 가서는 모델링 변수가 늘어났다고 변명을 해댈 게 아니냔 말이오? 결국 욕이란 욕은 우리가 뒤집어쓰게 될 테고 말이오. 지금 그렇지 않아도 경제 문제 때문에 대통령께서 가뜩이나 골치 아파하는데……. 대통령 심기를 불편하게 마시오."

하고는 수석비서관은 전화를 뚝 끊어버렸다.

수석비서관이 저렇게 나온다면 대통령과 독대할 수 있는 길도 막힌 셈이었다. 래호는 이 문제를 풀기 위해서는 재건위원들의 의견을 모으는 수밖에 없다고 생각했다. 하지만 대부분 리먼 인수에 동의하고 있는 학벌과 파벌로 똘똘 뭉친 재건위원들을 무슨 수로 설득할 수가 있을까 고민스러웠다. 결국 하나하나 만나 설득하는 수밖에 없었다.

래호는 재건위원 중 비교적 정치색이 덜하고 평소 국제금융 문제에 관심이 많은 이종달 위원에게 전화를 걸었다. 그는 현직 경제학과 교수이기도 했다.

"김래호 위원입니다. 한번 만나뵈었으면 좋겠습니다."

"뭣 땜에 그러시오?"

이 교수는 시큰둥하게 전화를 받았다.

"리먼 문제 때문에 그럽니다. 리먼이 파산하고 그 영향이 세계경기를 얼어붙게 만들 것입니다. 한데 우리나라는 지금 리먼을 인수하려고 하고 있습니다. 교수님. 이 문제를 그냥 두고만 볼 수는 없습니다."

교수는 잠자코 있다가 입을 열었다.

"공식적으로 정부는 리먼 인수에 개입하고 있지 않아요. 국책은행인 산업은행이 전면에 나선 상황입니다. 물론 부실한 리먼을 인수하는 것을 나도 탐탁하게 생각하는 것은 아니에요. 만일 리먼을 인수했는데 김 위원 말처럼 파산이라도 하면 큰일 아닙니까. 자산규모가 육천억 달러에 달하는 어마어마한 투자은행이 파산을 한다고 생각해 봐요. 그것은 커다란 재앙입니다. 하지만 정부에서도 그 사실을 알고 있는 만큼 신중하게 다룰 것입니다. 현재 계속적으로 검토 중이니까 너무 염려하지 마시오."

래호는 이 교수에게 만날 것을 제안했다. 그는 금융위원장과도 친분이 돈독한 사이였다. 그를 설득하면 금융위원장, 더 나아가 대통령을 설득할 수 있을 거라 생각했다. 하지만 그는 바쁘다는 핑계를 댔다. 아시아 문화 경제 포럼에 참석하기 위해 내일 싱가포르로 출국을 해야 한다며 거절을 하는 것이었다.

래호는 다른 재건위원들에게도 일일이 전화를 걸었다. 그러나 한결같이 래호와의 만남을 피했다. 바쁘다, 감기 걸렸다. 친구 딸 결혼식이다 등등 핑계를 대면서 래호와의 만남을 거절했다.

래호는 하는 수없이 일면식도 없는 재경부 소속의 여당의원인 김을수 의원을 찾아갔다. 하지만 그는 외유 중이었고 보좌관 한 명만

이 자리를 지키고 있었다. 젊은 보좌관은 대통령 직속 재건위원이라는 말에 꾸벅 인사를 하며 긴장을 하는 표정이었다. 래호는 보좌관에게 자신의 연구 자료를 두고 장시간 설명을 해줬다. 그리고 그것을 김 의원에게 반드시 건네주라고 했다.

그래도 답답한 속은 어찌할 수가 없었다. 래호는 성북동에 있는 스승을 찾아갔다. 김태준 선생의 지혜가 필요했다.

래호는 그간의 사정을 스승에게 꼬치꼬치 전했다.

"큰일이구나."

선생은 끌끌 혀를 찼다. 선생은 물론 래호의 주장을 백 퍼센트 신뢰하고 있었다.

"네 말대로라면 가뜩이나 서민경제가 어려운데 엎친 데 덮친 꼴이로구나. 무슨 수를 써서라도 리먼 인수는 막아야 한다."

선생은 한동안 생각에 잠긴 듯 말이 없었다. 한참 후 이윽고 선생이 입을 열었다.

"내가 따로 서한을 마련해 줄 테니 최 의원을 찾아가보거라."

최 의원이라면 재경부 소속 야당의원이었다.

"최 의원은 야당소속 의원 아닙니까, 선생님."

"이놈아, 나라를 위하는 일인데 여야가 따로 있냐? 한심한 놈 같으니라구. 지금 선을 댈 수 있는 데가 거기밖에 없어. 거기서도 안되면 하늘에 맡길 수밖에."

래호는 스승이 시키는 대로 다음 날 최 의원 사무실을 찾아갔다. 선생으로부터 미리 연락을 받았는지 최 의원은 자리에 있었다. 최 의원은 공손히 래호의 방문을 반겼다.

"선생님께서는 아직도 자리 보존 중이십니까?"

최 의원 역시 한때 선생 밑에서 공부를 했던 사람이었다. 제자라고 할 것까지는 없지만 선생의 경제철학에 반해서 따르던 무리 중 하나였다. 최 의원은 아직도 선생을 깊이 존경하고 있는 듯했다. 래호가 가져간 보따리의 정체보다 선생의 안위를 먼저 물었다.

래호는 최 의원에게 분석 자료를 검토해 보라고 했다. 최 의원은 알겠다고 하면서 연구 검토해 보고 재경위에 보고를 하겠다고 했다.

마침 국회 대정부질의 기간이 다가오고 있었다. 대정부질의는 정치판의 이해관계에 따라 본질에서 벗어나는 경우가 종종 있다.

얼마 후 최 의원의 보좌관으로부터 국회 대정부질의 기간에 최 의원의 보고가 있을 거라는 전화가 왔다. 래호의 주장을 수긍한다는 반가운 내용이었다. 래호는 보좌관이 말한 시간에 맞춰 TV 앞에 앉았다.

경제 분야에 소속당을 대표해서 최 의원이 경제부총리를 앞에 두고 질의를 하기 시작했다.

"각종 자료를 분석해 보면 앞으로 리먼브라더스가 파산할 가능성이 농후한데 정부는 이에 대한 대책이 마련되었습니까?"

하면서 최 의원은 래호가 전한 자료와 통계수치를 줄줄이 발표했다.

경제부총리는 전혀 예상외의 질의가 들어오자 상당히 당황하는 듯했다. 하지만 그는 박식한 총리답게 이내 정신을 차리고 반박을 했다.

"리먼이 파산할 조짐은 아직 없습니다. 리먼은 얼마 전까지 신용등급 에이플러스를 받던 미국의 4대 투자은행입니다. 만일 리먼이 파산을 한다면 미국경제는 물론 우리경제에도 타격이 크리라 예상되지만 그것은 기우라고 생각합니다."

상당히 원론적인 답변이었다. 하지만 총리로서는 그 외에 더 이상 할 말이 없을 듯했다. 래호 또한 총리의 심정을 충분히 이해하고도 남음직했다. 지금 총리가 전 국민이 지켜보는 TV 앞에 나와 자신도 리먼 파산에 동감한다라는 말 한마디만 내뱉어도 그때부터 환율이 뛰기 시작할 것임은 자명했다. 하지만 어쨌든 실망스런 답변이었다.

"TV 보셨습니까?"

담담한 목소리로 경제정책 수석비서관이 래호에게 물어왔다.

"네, 그런데요."

"혹시 야당 측에 자료를 제공하신 것은 아니신지?"

"자료 제공이라뇨? 무슨 소린지. 그리고 저는 재건위원이기 전에 경제학자입니다. 야당이든 여당이든 필요한 자료를 건넬 수 있습니다."

"야당의원이 질의할 때 사용한 자료가 위원님이 정책위에 제공한 자료와 동일합니다."

"자료란 게 제가 꾸며낸 것도 아니고 통계는 또 누구든 접근할 수 있는 거 아닙니까?"

래호의 반박에 수석비서관은 아무 말도 하지 못했다. 사실 래호가 최 의원에게 건넨 자료는 국회도서관에 가면 얼마든지 열람할 수 있는 공개된 자료였다. 누구든 자료에 접근을 할 수가 있다. 다만 주어진 자료를 분석하고 통합하는 조정능력이 얼마만큼 있는가가 관건이었다.

"야당 측에 자료 제공은 절대 있을 수 없는 일입니다. 만일 위원님께서 자료를, 혹은 검토 중인 정책사안을 야당 측에 제공한다면 그것은 이적행위입니다. 아시겠습니까?"

래호 아무 대답도 하지 않고 묵묵히 있었다. 그러자 재차 질문이 날아왔다.

"아시겠습니까?"

"알겠습니다."

래호의 대답을 듣자마자 수석비서관은 전화를 툭 끊었다.

수석비서관과 통화를 마치고 래호는 얼마간 깊은 생각에 잠겨 있었다. 리먼브라더스 문제는 대정부질의로, 단발적으로 끝날 사안이 아니었다.

래호는 민하에게 전화를 걸었다.

"여보세요?"

"누구세요?"

웬일인지 민하가 래호의 목소리를 기억하지 못하고 있었다.

"나야. 김 위원."

"아, 네 선생님."

그제야 민하는 반갑게 맞는다.

"오늘 야당의원의 대정부질의를 심도 있게 다뤄줬으면 해. 자료는 충분히 줄 테니까."

"글쎄요. 제가 TV를 보지 않아서 어떤 내용인지 모르겠네요."

청와대 출입기자가 국회 대정부질의 내용을 시청하지 않았다니 래호는 게으른 여기자라는 생각이 들었다.

"정부의 리먼브라더스 인수 및 파산 대책을 묻는 질의였어. 앞으로 대책을 세워놓지 않는다면 심각한 국면을 맞이하게 될 것이라는 요지의 기사를 중점적으로 다뤄줬으면 해."

민하는 잠자코 시간을 두고 생각하는 듯했다. 망설이던 민하가 마침내 입을 열었다.

"전화로 결정하긴 그렇고……. 또 제가 기사를 쓴다고 해도 데스크에서 걸러질 수 있는 문제라 어떨지 모르겠네요. 하지만 일단 만나서 의논을 하기로 하죠."

민하는 일단 서브마린에서 보자고 했다. 래호는 서브마린 대신 종각 근처 호프집이 좋겠다고 했다. 민하는 왜 그러느냐고 따지지 않고 순순히 그러자고 했다. 민하가 소속된 신문사는 메이저급은 아니지만 그런대로 규모 있는 신문사였다. 이럴 경우를 대비해서라도 민하를 만난 것은 어쨌든 잘된 일이라는 생각이 들었다.

래호는 그날 저녁 종각에서 민하를 만났다. 민하는 갈색 바바리에 붉은 립스틱을 칠하고 나왔다. 평소 화장을 짙게 하지 않는 민하였다. 어딘지 요염하게 보였다. 약간 부슬비가 내리는 날씨였는데 민하는 궂은 날씨를 대체로 밝게 만드는 재주를 지니고 있었다.

둘은 종각 뒷골목 '와글와글'이라는 호프집에 들어갔다. 이름처럼 사람들이 바글거리는 술집이었다. 골뱅이무침과 호프를 시켰다. 차라리 이런 곳이 사람들의 시선을 피하기 좋다고 래호는 생각했다. 술이 나오자마자 래호는 벌컥벌컥 들이켰다. 술이 위장 속으로 들어가자 온몸이 순간적으로 후드득 떨렸다.

"이건 매우 중요한 문제야. 야당의원도 지적했듯이 이 정부가 리먼을 인수하게 되면 국가적으로 커다란 재난을 당하게 돼."

민하는 래호의 말을 성심성의껏 들었다. 하지만 한편으로 반신반의하는 것 같았다.

"하지만 선생님, 그렇다면 그 문제를 재건회의에서 제기하셔야지 어떻게 야당의원이 제기를 하고, 또 선생님은 정부 측 위원이면서 야당의원의 질의를 지지하시니 저로서는 어떻게 돌아가는 상황인지 모르겠네요."

우연의 일치겠지만 민하는 수석비서관과 비슷한 생각을 하고 있었다. 하지만 민하는 어디까지나 래호에게 우호적이었다.

"경제학자가 정치색에서 자유롭지 않으면 안 되지. 경제를 살리고 나라를 위하자는 데 여야가 따로 있다는 것도 그렇고. 경제가 나빠지면 결과적으로 모두가 커다란 피해를 보게 되니까."

"그렇긴 하지만……."

"이것저것 따질 겨를이 없어. 될수록 사안을 기사화하는데 총력을 기울여야 한다구."

민하는 래호의 요구가 부담스럽게 여겨졌는지 신문사 편집 시스템에 대해서 자세히 알려주었다. 특히 대정부질의를 심도 있게 다루느냐 그렇지 않느냐 하는 것은 데스크의 영향을 많이 받는다는 것이다. 물론 국회에서도 공론화된 문제이기 때문에 기사화하는 것은 어렵지 않겠지만 과연 그 정도가 얼마나 될는지는 자신도 알 수가 없다고 했다.

"그것은 염려하지 않아도 된다니까. 데스크에서 반할 만한 자료를 내가 제공할 거고, 신문사에도 경제팀이 있을 테니까 경제팀이 분석을 하면 분명 기사로서의 가치가 있다고 판단할 거야."

래호는 민하에게 두툼한 자료를 건네주었다. 최 의원에게 전한 것과 똑같은 내용의 자료였다.

래호는 민하에게 잔뜩 기대를 하고 있었다. 그 문건이 제대로 전달되면 데스크에서도 틀림없이 좋은 기사를 작성할 테고 이것이 여론화되면 정부로서도 리먼 파산 대책에 조금이라도 관심을 가질 것이라고 판단했기 때문이다.

하지만 다음 날 〈세민일보〉에는 리먼 파산에 관한 단 한 줄의 기사도 보이지 않았다.

래호는 우울한 기분으로 경제연구소에 나갔더니 민하로부터 전화가 왔다. 민하의 목소리도 밝지 않았다.

"선생님 죄송해요."

진심인 듯 민하의 촉촉한 안타까움이 전화선을 타고 래호에게 전해졌다.

"민하가 죄송할 게 뭐가 있겠어. 데스크에서 한 일인데……."

래호는 일부러 크게 웃어 보였다. 데스크에서 미리 정부 보도자료를 받아들고 기사를 작성하고 있었다고 했다. 그런 마당에 민하가 아무리 설득력 있는 자료를 내민다고 해도 믿어줄 리 만무했다. NMC에 나타난 지표는 독사처럼 머리를 빳빳이 치켜든 채 파국을 가리키고 있었다. 하지만 현실경제는 너무 고요했다. 그 간극을 설명하기란 매우 어려운 것이었다.

래호가 어깨를 축 늘어뜨리고 회의실을 빠져나오는데 재건위원장인 최 위원이 래호의 어깨를 툭 쳤다.

"실망이 크겠소, 김 위원."

래호는 흘금 최 위원을 돌아다보았다. 그는 사람 좋은 사람처럼 웃어 보였다.

"너무 염려 말아요. 설사 리먼이 파산하고 환율이 튄다고 해도 그때 가서 조지면 되니까. 여태껏 우리 공화국은 그렇게 해오질 않았소? 튀면 조지면 되는 거요. 각종 대책을 발표하고 그것도 안 먹히면 아예 환율 거래를 막을 수도 있는 거요. 김 위원은 우리나라가 아직도 자본주의 시장이 통용되는 국가라고 생각하시오? 그렇다면 오산이오. 우리 공화국은 자본주의 시장을 지향하지만 자본주의 국가는 아니란 거지. 흐흐."

최 위원은 뭐가 기분이 좋은지 흘흘 웃어댔다. 앞서 걷던 그가 돌연 뒤를 돌아다보며 다시 말했다.

"튀면 당하는 거요. 환율도 그렇고 당신도 그렇고. 협박을 하자는 게 아니고 당신을 위해서 하는 소리니까……. 좋은 게 좋은 거 아니겠소."

래호는 현실에서 패배자였다. 하지만 온라인상에서는 완벽한 K였다. 01001011로서의 역할을 완벽하게 해냈다. 처음에는 래호는 물론 고수 인터넷 논객 모두가 과연 자신들이 국가정책을 바꿀 만한 힘을 발휘할 수 있을까 의심하는 눈치였다. 단지 온라인의 힘으로 물리적인 힘을 갖고 있는 오프라인에 영향력을 끼쳐 현실세계를 물리적으로 변형시킨다는 것이 불가능해 보였다. 그러나 반복적으로 제기되고 또 토론을 해가면서 힘이 단단하게 결집이 되는 것을 느꼈다. 처음으로 래호, 아니 지혜의 여신과 그의 동료들은 해낼 수 있다는 자신감을 갖게 되었다. ITKING라는 네티즌은 토론방에 다음과 같은 글을 올렸다.

"드디어 외신이 움직이기 시작했습니다. 국내 언론은 계속 침묵을 지키고 있지만 외신에서 우리나라 산업은행이 미국 4위의 투자은행인 리먼브라더스를 인수하려 한다는 소식을 전하고 있습니다. 외신은 리먼브라더스가 부도 직전이라고 솔직하게 고백하고 있습니다. 멋지지 않습니까? 솔직한 게 마음에 듭니다. 외신의 고백처럼 리먼브라더스는 현재 예상 가능한 부실액만 200억 달러입니다. 여기다가 드러나지 않은 추가부실 규모가 전문가들은 약 300억 달러로 예상을 하고 있습니다. 하지만 부실규모가 얼마인지 정확하게 아는 사람은 아무도 없습니다. 남의 나라에 떠넘기려는 투자은행의 부실규모를 대놓고 자랑할 리가 있겠습니까. 이 회사를 살리기 위해서는 수백억 달러, 아니 수천억 달러의 추가지원이 필요할지도 모릅니다. 이런 회사를 인수하겠다는 것 자체가 잘못된 것입니다. 다시 한 번 여러분에게 묻고 싶을 따름입니다. 자세한 자료와 통계수치는 지혜의 여신이 올린 글을 참조하시기 바랍니다. 우리는 지혜의 여신을 중심으로 똘똘 뭉쳐서 절대 리먼 인수를 막아내야 합니다."

날이면 날마다 비장한 목소리가 온라인 경제토론방에 울려 퍼졌다.

# 경계

•

저녁에 종로에서 다시 민하를 만났다. 둘은 가까운 음식점에서 저녁을 먹고 '자라쿠' 라는 일본식 주점으로 향하고 있었다.

그때 민하가 래호에게 넌지시 말했다.

"선생님. 요즘 유명해지셨던데요?"

민하가 말하는 것은 지혜의 여신을 일컫는 것이었다.

그동안 지혜의 여신이라는 필명으로 써놓은 래호의 수많은 글들이 네티즌들 사이에 화제가 되었으며 읽히고 있다는 것을 민하도 알고 있었다.

"어쩌겠어. 그런 식으로라도 대중들에게 알려야지. 가만히 앉아서 당하게만 할 수는 없잖아."

주점에 들어가자 주점에서 일하는 종업원들은 일본식 복장을 했을 뿐만 아니라 자연스럽게 일본말로 인사를 하며 손님을 맞았다. 래호와 민하는 종업원의 안내를 받아 주점 깊숙한 곳으로 자리를 잡았다.

곧 종업원이 메뉴판을 가져왔고 민하와 래호는 고구마햄 고로케와 일본 맥주를 주문했다.

자리에 앉자마자 래호는 나지막하게 지혜의 여신에 대해 말하기 시작했다. 말하자면 좀 전 거리에서 나누던 이야기의 연장선인 셈이었다.

"정부라는 거대조직은 근본적으로 대표성을 갖고 국민을 보호하지만 때론 위협적인 존재가 되기도 해. 어쨌든 통치조직상 정부는 국민을 관리하는 역할을 하니까. 정치적으로는 봉사정신, 큰 머슴 역할론을 부르짖지만 막상 집권을 하면 그렇지 않거든. 그 자리에 올라서게 되면 국민을 관리 대상으로 보고 관리를 하게 되는 것이야. 하지만 그것이 단순히 보호차원으로서의 관리가 아니라 대를 위해 소를 희생시킨다는 명목으로 서민들의 희생을 요구할 때가 있어. 그 대상이 서민들에게 집중된다는 점이 문제야. 현대는 엄연한 계급사회니까. 현대는 상류층과 중산층, 그리고 서민들로 크게 나뉘어 있어. 하지만 말이 좋아 서민이지 서민들은 중산층과 상류층을 위해 열심히 일을 해야 하는 천민에 불과해. 그들은 그들 나름대로 돈을 벌기 위해 하루살이 인생을 살지만 귀족들을 위해 헌신하는 것밖에 되지 않는 삶에 불과한 것이지, 사실적으로 그래."

IMF체제 시절이 그랬다. IMF를 극복하기 위해 정부는 신용카드라는 흥행 마술사를 고용했다. 정부는 신용카드 사업이야말로 황금알을 낳는 거위라며 은행과 대기업들이 신용카드 사업에 뛰어들도록 독려했다. 다른 한편으로는 국민들에게 언론매체를 통해 지속적이고 반복적으로 신용카드 사용을 권장했다. 마치 카드를 사용해야 제대로 된 시민의 권리를 누리는 것처럼 홍보를 했던 것이다. 이러한 정부의 정책으로 신용카드 시장 규모는 급격히 팽창하기 시작하여 2002년이 되자 600조 원에 달하는 거대시장이 형성되었다. 신용카드 사업에 참여한 회사들은 매년 수천억 원에 이르는 천문학적인 순이익을 기록했고 직원들의 연봉은 억대에 달했다. 그러나 2003년 가을부터 상황이 달라지기 시작했다. 경기가 급속히 나빠지기 시작했던 것이다. 경기불황으로 그동안 카드를 이용하던 서민들이 카드사로부터 빌린 돈을 정해진 기한 내에 갚지 못하게 되자 카드사들은 유동성 위기에 빠지게 되었다. 가장 대표적인 것이 LG카드사였다. 국내 1위의 LG카드사가 유동성 위기에 빠지면서 금융시장은 일대 혼란에 빠져들었다. 그러자 정부는 카드규제정책을 펴나갔다. 정부가 카드규제정책을 편 것은 금융시장을 안정시키기 위해서였지만 결과적으로 서민들의 입장에서는 버림을 받은 꼴이었다. 나무에 올라가게 한 다음 밑에서 흔드는 모양새였다. 카드정책의 피해자는 결국 카드 빚을 진 서민들이었다. 400만 명이라는 신용불량자가 양산된 것이 그 무렵이다. IMF라는 국가의 빚을 서민들에게 고스란히 떠넘긴 불행한 사태가 벌어진 것이다. 카드대란이야말로 정부가 정책적으로 경기를 활성화시키기 위해 서민을 희생시킨 대표적인 경우였다.

"리먼브라더스 사태로 빚어진 이번 금융위기도 정부는 인플레이션을 이용하여 서민들의 고혈을 짜낼 것이 틀림없는 사실이야. 언제나 서민들은 관리 대상이며 이용 수단인 거지. 사회는 거대한 매트릭스에 불과하고 정부정책이란 것이 유태인들이 세계를 바라보는 시선과 조금도 다르지 않다는 것이야."

래호는 민하에게 신문에 칼럼이라도 쓰게 해달라고 부탁했다. 그러자 민하가 망설였다. 민하로서도 큰 도박이 아닐 수 없었다.

"부장이 선생님을 배신했어요."

침울하면서도 어딘지 민하 특유의 당돌함이 배어 있는 목소리로 말했다.

그녀는 래호의 빈 잔에 술을 채웠다. 맥주 거품이 넘치지 않도록 조심스럽게 따랐다.

"부장이 뭘?"

하자, 민하는 분한 듯 입술을 깨물면서 쌔근거리는 것이었다.

"내가 분명히 말했거든요. 기사는 선생님이 보내준 자료로 작성한 거라고요. 그런데도 부장은 묵묵부답이었어요. 그건 배신이에요, 배신!"

정보가 빠른 부장이 돌아가는 상황을 몰랐을 리가 없었다. 괜히

엉뚱한 모험을 벌이다가 청와대 눈 밖에 나고 싶지는 않았을 것이다. 그걸 배신이라 부를 수 있을까.

"그럼 이번 칼럼도 실을 수가 없을까?"

민하는 숙고하는 듯했다. 뭔가 결단이 필요한 시간이 다가오고 있다는 것을 그녀가 알고 있는 듯했다.

"한번 밀고 나가봐야죠."

잠시 어색한 침묵이 흘렀다. 마치 혁명 전야에 혁명가들이 결의를 다지는 것 같은 분위기였다. 하지만 이것은 혁명이 아니었다. 다만 평범하고 상식적인 이야기였다. 사실을 사실대로 밝히자는 것이었다. 너무나 당연한 이야기를 사람들이 여러 가지 착시로 인해 받아들이지 않는 현실이 아쉬울 따름이었다.

며칠 후 래호는 민하로부터 원고지 10매 정도의 칼럼은 기재가 가능하다는 연락을 받았다.

래호는 원고를 작성했다. 하지만 막상 신문사에 송고하려니 주저되었다. 그 결과를 예측할 수 있기 때문이었다. 칼럼에서 래호는 정부의 정책 부재를 비판했다. 그리고 리먼을 인수해서는 안 된다는 것을 약간의 근거자료와 함께 실었다.

다음 날 신문을 본 경제정책 수석비서관이 래호에게 전화를 걸어왔다.

"위원님, 재건위는 정부의 부속기관입니다. 정부의 부속기관 위원이 정부의 정책을 비판하다니요."

"내 주장을 받아들이지 않으니 나로서도 할 수 없는 일이에요. 정부는 국민을 위해서 있는 겁니다. 정부의 정책이라는 것이 서민의 생활을 보살펴야지 서민은 죽든 말든 내버려두고 보살피지 않는다면 그것을 정부라 할 수 있습니까? 지금 서민들이 얼마나 힘들어하고 있는지 아시잖아요. 그걸 간과하니까 저로서는 따끔하게 할 수밖에요."

"각오는 하셨겠지요?"

"그게 뭐 대수겠소?"

그는 래호의 말투에 몹시 자존심이 상한 모양이었다. 전화를 툭 끊어버렸던 것이다. 별 대수롭지도 않은 일이었다. 재건위에서 빠지면 그만이었다. 내가 없어도 29명의 재건위원들은 거수기 역할을 잘할 수 있으니까, 라고 래호는 생각했다.

비서관은 다시 한 번 래호에게 전화를 걸어와 대기발령을 내렸다. 래호는 다시는 청와대에 발을 들여놓지 못할 것이라는 사실을 깨달았다. 하지만 어차피 재건위에서 활동하면서 자신의 주장이 전혀 먹혀들지 않는다는 사실을 깨달은 이상 여한은 없었다. 차라리 인터넷에서 지혜의 여신이라는 이름으로 계속 글을 쓰면서 정부 경제정책을 비판하는 것이 오히려 낫겠다는 생각이 들었다.

▶▶▶

래호에게 별안간 한가한 시간이 돌아왔다. 경제연구소에 나가는 일도 따분하게 여겨졌다. 래호는 며칠 동안 동해 바닷가나 여행을 하면서 머리를 식힐 생각이었다.

그날 저녁 래호는 차를 몰고 동해에 도착했다. 동해에 도착해서 호텔에 짐을 풀고 바닷가를 거닐며 상념에 젖었다. 바다의 젖은 모래가 눈에 들어왔다. 따지고 보면 래호 역시 바다의 하찮은 모래에 불과했다. 스스로 바위일지도 모른다고 우기며 살아온 세월에 헛웃음이 나왔다. 래호는 철저히 버려진 모래 한 알이었던 것이다.

조국은 결국 당신을 버릴 것입니다, 라는 미시마 츠요시의 말이 떠올랐다.

"선생님 어디세요?"

민하였다. 연구소를 찾아왔던 모양이었다. 그녀는 래호가 아직도 재건위에서 일을 하고 있는 것으로 착각하고 있었던 것이다.

"여기 바닷가야."

"바닷가라뇨?"

"그냥 바다가 보고 싶어서 왔지."

"어머 선생님도……."

민하는 전화기 건너에서 깔깔대며 웃었다. 그녀 역시 바다가 보고 싶다고 했다.

"그럼 오든지."

래호는 농담삼아 이야기했다. 지금은 일 때문에 못 가고 언제 한번 휴가를 내서 가을 바다를 봐야겠다고 그녀가 말했다.

"한데 선생님, 선생님 말씀대로 리먼이 파산을 했어요."

"그래? 다행이구나."

"다행일까요?"

"당장은 그래."

아직도 민하는 래호의 말이 믿기지 않는 모양이었다. 그녀에게 래호의 말을 곧이곧대로 기사화할 수 있는 능력이라도 있었으면 했지만 유감스럽게도 그녀에게는 그런 능력이 없었다.

래호는 일주일 동안 줄곧 동해 바닷가에 머물면서 머리를 비우는데 여념이 없었다.

리먼이 파산했다는 것은 래호도 알고 있었다. 완벽한 온라인 여론의 승리인 것이었다.

'PARK' 라는 네티즌은 다음과 같은 글을 올렸다.

"결국 전쟁은 끝났다. 전쟁에서 우리는 승리했고 리먼브라더스는 패했다. 우리나라와의 인수가 무산되자 리먼브라더스는 스스로 파산이라는 정체를 드러낸 것이다. 인수가 무산되자마자 파산을 신청하는 이런 회사를 만일 우리나라가 인수했다고 상상해 보라. 우리는 고스란히 500억 달러라는 부채를 떠안은 채 국가파산의 길을 걸었을 것이다. 리먼브라더스 인수에 관계된 산업은행과 금융당국은 여론이 좋지 않아서 인수를 포기한다고 선언했다. 좋지 않은 여론, 즉 올바른 여론은 누가 형성하고 퍼트렸는가. 기득권을 쥐고 있는 기존 메이저 언론들인가? 아니면 월스트리트 저널인가? 아니다. 그것은 바로 우리들, 바로 여러분이다. 우리 아고라이언들이 리먼브라더스 인수를 좌절시킴으로써 절체절명의 위기에 빠졌던 국가를 구해 냈다. 그런 의미에서 정부는 우리 아고라인들에게 감사해야 한다. 특히 지혜의 여신님을 잊어서는 안 된다. 만일 지혜의 여신이 없었다면 우리나라는 틀림없이 제2의 IMF를 맞이할 수밖에 없었을 것이다. 그는 우리의 무지를 깨우친 스승인 동시에 국가를 구한 영웅이다. 우리는 영원히 그의 이름을 잊어서는 안 된다."

▶▶▶

효찬은 마을로 돌아왔다. 효찬은 마을 초입에 있는 가게로 들어갔다. 효찬이 불쑥 가게 안으로 들어가자 가게 주인은 바닥을 쓸다 말고 어, 하면서 효찬을 바라보았다.

"안녕하셨어요?"

"아니, 총각 아직 안 갔어?"

"수녀원에 갔다 왔어요."

"그래? 찾는 사람은 찾았고?"

"네."

"그거 잘되었구먼."

주인여자는 대수롭지 않다는 듯 폈던 허리를 숙이고 다시 바닥을 쓸기 시작했다. 바닥을 쓸 때마다 먼지가 풀풀 올라왔다.

"한데, 홍하중 씨 댁이 어딘지 아세요?"

"홍하중? 그 집은 왜."

"뭣 좀 물어볼 말이 있어서요."

"저기, 다리 건너 맞은편에 보이는 집인데."

주인집 여자는 문을 드륵, 열고 마주보이는 작은 산을 가리켰다. 산발치에 붙은 바윗돌처럼 집 한 채가 덩그러니 놓여 있었다. 집은 외로이 마을과 떨어져 어딘지 스산한 느낌을 주는 동시에 산이 품고 있는 알처럼 아늑해 보이기도 했다.

효찬은 기왕 들어온 김에 가게에서 음료수를 사서 선 채로 마셨다. 아주머니는 효찬의 존재를 아랑곳하지 않고 가게 바닥 쓸기에 여념이 없었다.

"그 집에 따님이 계셨다고 하던데."

하자 주인집 여자는 일손을 멈추고 효찬을 바라보았다. 뭔가 생각에 잠긴 듯한 얼굴이었다.

"찾는 사람이 그 집 딸이었수?"

"네."

하자 가게 주인은 돌연 말이 없어졌다.

"수녀원에서 그러던가?"

"네."

"민하라고, 서울에서 무슨 신문사에 다닌다고 하던데."

"신문사요? 신문사라면 기자인가요?"

"그랬다지, 아마."

뜻밖의 고리를 발견하자 효찬은 반가웠다. 뭔가 꼬투리를 잡은 느낌이었다.

"서울 무슨 신문사인지 아세요?"

"몰라."

더 이상 말을 않겠다는 듯 여자는 고개를 흔드는 것이었다. 더 이상은 접근하지 말라는 듯한 태도였다.

가게 주인여자로부터 더 이상 이야기를 캐물을 수가 없다는 것을 알아챈 효찬은 직접 여자의 가족을 만나 이야기를 들어야겠다고 결심했다. 이왕 손을 댄 일 끝가지 가보자고 내심 용기를 냈다.

돌아서서 가게를 나오자 가게 주인여자가 쪼르르 달려나왔다.

"내가 일렀다고 말하지 마, 총각."

"네, 그럴게요."

여자는 다짐을 받듯 재차 부탁을 했다. 그때마다 효찬은 알겠다고 고개를 주억거렸다.

효찬은 산 아래 집을 향해 걸었다.

마당이 넓은 집이었다. 황토 색깔 마른 흙으로 다져진 마당은 마치 거대한 토기 접시 같았다. 햇볕에 적당히 노릇노릇 만 년 동안 구워진 듯한 마당은 정겨워 보였고 수십 년 이상은 족히 묵은 듯한 나무문은 비스듬하게 열려 있어 안마당이 들여다보였다. 안마당은 바깥마당에 비해 색이 퉈퉈하고 어딘지 초라해 보였다. 비와 바람으로 다져진 바깥마당과는 달리 안마당은 애정 없이 버무린 뒷마당터 같았다.

문 앞으로 다가가 기웃거리자 작고 조그마한 개 한 마리가 느닷없이 나타나 사납게 짖어댔다. 효찬은 뒤로 물러날 수밖에 없었다. 다행히 개는 더 이상 쫓아오지 않고 문턱을 경계선삼아 짖어대기만 할 뿐이었다.

마당 끝에 선 효찬과 태엽 감은 자동인형처럼 짖어대는 개 사이에 보이지 않는 전선이 형성된 채 마주한 시간이 마냥 흘러갔다. 효찬은 누군가 밖으로 나오길 기다렸다. 저렇게 개가 마냥 짖어대는 판에 집 안에 누군가 있다면 분명 바깥으로 나올 것이라고 생각했던 것이다. 한데 아무 기척이 없었다. 이러지도 못하고 저러지도 못하는 사이에도 개는 끈질기게 짖어댈 뿐이었다.

이대로 그냥 돌아갈까? 생각하고 있을 때 창호지 바른 문이 기웃이 열렸다. 노인이 꿈틀거리며 밖으로 나왔다.

"누구요?"

노인은 효찬을 발견하지 못했다. 다만 개가 앞발을 문턱에 올린 채 사납게 짖기를 그치지 않자 내심 바깥으로 목을 빼고 가래 잠긴 목소리로 묻는 것이었다.

"저……."

효찬은 주눅이 든 목소리로 말했지만 개 짖는 소리에 묻혀 노인에게 전해지지 않았다.

"누구요?"

다시 한 번 노인의 목소리가 들렸다.

"개 좀 치워주세요!"

효찬은 있는 힘껏 소리를 질렀다. 하지만 기껏 내지른 목소리가 개를 치워달라니……. 효찬은 자신의 말에 웃음이 났다.

"워리!"

노인이 개를 불렀다. 개는 노인의 목소리에 꼬리를 흔들고 되돌아서서 몇 발작 앞으로 걷다가 다시 생각난 듯 되돌아서서 효찬을 향해 사납게 짖어대는 것이었다.

안 되겠다 싶었는지 노인이 마루로 나와 겨우 몸을 추스르며 신발을 질질 끌고 대문 쪽으로 다가왔다. 마당을 가로지르는 동안 노인은 창고 벽에 기대어 있는 작대기를 들고 문 쪽으로 다가왔다. 개가 기척에 흠칫 뒤를 돌아보다가 주인이 자신을 향해 기다란 작대기를 휘두르려 한다는 것을 깨닫고는 소스라치게 놀라 뒷마당 쪽으로 냅다 달아나버렸다.

개가 사라지고 노인이 나타났다. 효찬은 무턱대고 인사를 했다.

노인은 웬 사내가 보자마자 냉큼 인사부터 하자 몹시 경계하는 눈치였다. 게다가 이곳 능현리에 효찬같이 멀쩡한 젊은 사내는 흔치 않았다.

"누구요?"

노인은 퀭한 눈으로 효찬을 바라보고 물었다.

"안녕하셨어요? 민하 친구입니다."

하자 노인의 얼굴에 잠깐 긴장의 빛이 흘렀다.

"친구라고?"

"네."

"처음 보는 사람 같은데?"

노인은 기억을 더듬으려는 듯 효찬을 한참 동안 바라보았다.

"근데 민하가 서울에 있다면서요?"

"그치, 서울 살고 있지."

노인은 아직도 긴가민가하면서 손녀를 찾는 친구를 바라보며 말했다. 하지만 깊게 주름진 얼굴 사이로 경계의 빛을 감추지 않았다. 그러고는 노인으로서 마지막 삶의 지혜를 발휘하려는 듯 잠깐 들어가자고 하는 것이었다. 노인이 사는 집은 마을 어디에서고 볼 수 있는 구조였다. 맞은편 산 아래 부채꼴로 펼쳐진 마을 집들은 관객들처럼 이쪽을 바라보고 있던 구조였던 것이다.

효찬은 줄레줄레 노인을 따라갔다. 방금까지 매섭게 짖어대던 개가 효찬이 들어서자 집 모퉁이에서 머리를 내밀고 짖는 시늉을 하다가 노인의 기세에 눌려 꼬리를 감추고 사라져 버렸다.

노인은 마루에 앉았다. 효찬도 노인의 곁에 조심스럽게 앉았다. 노인이 주머니를 뒤져 담배를 꺼냈다. 효찬은 이렇게 노인이 혼자 집을 지키고 있는 줄 알았다면 가게에서 담배라도 사올걸, 하는 후회가 났다.

노인이 담배를 피우는 동안 잠자코 있던 효찬이 마침내 입을 열었다.

"따님에 대해서 혹시 말씀해 주실 수 있을까 해서 찾아왔습니다."

하지만 노인은 말이 없었다. 노인은 마침내 담배를 다 피우고는 생각난 듯 묻는 것이었다.

"한데 아이는 왜 찾고 그러쇼?"

느닷없이 불쑥 남자가 찾아와서 들쑤셔대자 노인으로서는 의아한 것이다.

효찬은 간략하게 왜 찾아왔는지 설명을 해줬다. 하지만 대부분 꾸민 이야기였다. 경찰입니다, 라고 할 수는 없는 일이었다. 스토리는 노인이 이해하기에는 다소 복잡하고 벅찼다. 하지만 효찬이 이곳 능현리까지 내려와 소란을 피울 만한 근거는 충분한 것 같았다. 뭔가 있긴 있구나, 노인은 생각한 듯했다. 그리고 빠르게 아이와 모종의 사건 간의 역학관계에 대해서 본능적으로 감지하려고 노력하는 듯했다. 적어도 손녀에 대한 명예를 훼손한다든가, 자신을 비롯해 집안에 뭔가 해를 끼치는 일이 있는 것이 아닌가, 의뭉스런 눈으로 효찬을 바라보기도 했다.

효찬은 두서없이 지껄였다. 막막한 정적보다는 자신이 지껄여서라도 뭔가 얻어내겠다는 심정이었다. 게다가 침묵을 지키는 것보다 노인이 알고 싶어하는 정보를 들려주고 또 노인과 짧은 시간 친숙해지기 위해서라도 뭔가를 끊임없이 지껄이는 것이 좋겠다고 생각했다. 그것은 그동안 정보부 생활이 가르쳐준 것이었다. 막상 부딪히면 들이대는 수밖에 없다. 그것은 부장이 하던 말이었다. 미운 부장이었지만 이럴 때만큼은 부장의 말이 도움이 되었다.

효찬의 끊임없는 지껄임도 불구하고 어쩐지 노인은 화석 같기만 했다. 그도 그럴 것이다. 금지옥엽 같은 손녀를 수상스런 남자가 난데없이 찾아와 캐묻는데 무슨 자랑거리라고 주저리주저리 낯선 이에게 이야기를 풀어놓겠는가. 하지만 곁에서 철도 모르고 앵무새마냥 지껄여대는 남자를 떼어놓으려면 뭔가 말이 있어야 할 듯

싶었다.

"지금 신문사 기자로 있지."

마침내 노인은 마른 입을 떼고 담담하게 말을 하기 시작했다.

# 별리

민하와 통화를 하고 래호는 하루 종일 호텔 안에 있다가 해가 뉘엿뉘엿할 때 산책 겸 식사를 하기 위해 잠깐 밖으로 나갔다. 나간 김에 횟감하고 술을 사들고 다시 호텔로 돌아왔다. 딴은 사람들과 어울려 회시장에 앉아 술을 마시고 싶었지만 혼자 덩그러니 앉아 술을 마시는 모양이 썩 내키지 않았던 것이다.

래호는 호텔로 돌아와 오징어 회를 안주삼아 천천히 술을 마셨다. 산속에서 자라서 그런지 래호는 회를 별로 좋아하지 않았다. 횟집 주인이 맛난 것들을 늘여놓은 진열장을 가리켰지만 래호는 친숙한 오징어를 먹겠다고 했다. 해삼이 몸에 좋다고 권하기에 해삼 몇 마리도 집어왔다.

그때 프런트에서 전화가 왔다. 방문객이 있다는 것이다. 래호는 누굴까 했다. 자신이 이곳에 있는 것을 아는 사람은 아무도 없었다. 누구에게 알리지도 않고 무작정 떠나왔던 것이다. 래호는 민하를 떠올렸다. 오늘 낮에 통화를 하면서 민하가 속초 무슨 호텔이냐고 물었던 것이다. 래호는 아무 생각 없이 삼해호텔이라고 했다. 하지만 그녀는 오고 싶지만 올 수가 없다고 했다.

"바다가 보고 싶지만 지금은 갈 형편이 되지 않아요."

하던 민하의 말이 떠올랐다. 래호는 민하라 짐작했다. 지금 이 시간에 자신을 방문할 사람은 민하밖에 없었다.

똑똑하고 노크하는 소리가 들렸다. 래호는 다가가 문을 열었다. 과연 문밖에 민하가 서 있었다. 활짝 웃으며 '선생님!' 하고 반색을 했다.

래호는 얼떨떨해서 뭐라 말을 할 수가 없었다. 우선 안으로 들이고 자초지종을 물었다.

"어떻게 된 거야, 못 온다고 했잖아?"

민하는 방긋 웃었다. 미소에 따라 보조개가 패었다.

"못 오긴요, 오고 싶으면 와야죠. 부장님한테 리먼 파산과 관련된 중요한 인물을 만나 취재할 계획이라고 했어요. 그 사람이 지금 속초에 있는데 여비 좀 달라고 했죠, 뭐."

하면서 다시 미소를 띠웠다.

"거짓말하면 쓰나. 게다가 여비까지 타내다니……."

래호는 일부러 혀를 차는 시늉을 했다. 아직도 래호는 민하의 출현이 믿어지지 않았다.

"거짓말이라뇨? 선생님이 취재 대상이잖아요. 어차피 리먼에 관련된 인물은 익명으로 기사화될 수밖에 없고 리먼에 관해서 선생님이 중요한 정보를 많이 알고 계시니까. 밤새 그걸 듣고 기사를 쓰면 되잖아요."

진심인지 시늉인지 래호로서는 민하의 속마음을 알 수가 없었다. 하지만 그녀가 래호와 만나기 위해 일부러 먼 곳에서 달려온 것은 틀림없는 사실이었다.

"괜한 일을 하는구나. 나는 밤새 심문당할 만한 체력이 못 돼."

"심문이라뇨?"

민하는 래호의 말을 듣고 깔깔대며 웃었다.

"좋아요. 선생님을 밤새 심문할 거예요. 선생님이 싫다고 해도 소용없어요. 기자 앞에선 친분이고 뭐고 없으니까요. 선생님을 심문해서 반드시 특종을 내보낼래요. 여기까지 온 비행기 삯은 뽑아야죠. 그래야 국장님한테 면목도 설 테고 말이죠."

"그러든지 말든지."

별안간 민하가 한없이 어리게 느껴졌다. 하긴, 래호에게만큼은 민하는 언제까지나 능현리 소녀였다.

"저녁은 먹었어?"

"아뇨. 급히 달려오느라 뭘 먹을 시간도 없었어요. 선생님 우리 나가요. 기왕 온 김에 대포항 구경을 해야죠. 가서 뭘 먹어요. 제가 맛있는 것 사드릴게요."

배고픈 아이의 말을 듣지 않을 수가 없었다. 래호는 하는 수없이 외투를 집어 들고 호텔을 나섰다.

밤이 되자 바다에서 불어오는 바람이 차가웠다. 래호는 민하가 평소답지 않게 어린아이처럼 좋아하는 게 다소 낯설게 느껴졌다. 왠지 모를 불길한 예감조차 드는 것이었다.

래호와 민하는 낮에 래호가 봐두었던 선착장으로 갔다. 그곳에서는 수족관에서 횟감을 고르면 그 자리에서 회를 떠 손님에게 제공을 했다. 살아 있던 생명이 커다란 접시에 순식간에 썰려 나오는 것이 그리 좋은 광경만은 아니었지만 손님들에게는 인기가 좋았다. 좌석 옆으로 바로 바다가 손에 닿을 듯 펼쳐져 있고 멀리 바다 가운데를 지나는 배에서 흘러나오는 불빛도 보이는, 괜찮은 자리였다. 주인집 여자가 오늘은 물 좋은 광어가 많이 들어왔다며 광어를 추천했다. 민하는 광어가 괜찮다고 했고 래호는 아까 호텔방에서 먹던 오징어가 생각이 나서 오징어 회를 갖다 달라고 했다.

"선생님 우리 산낙지도 먹어요."

"그러지 뭐, 한데 너무 많이 시키는 것 같은데."

"골고루 먹는 게 몸에도 좋대요."

민하는 자신이 직접 수족관으로 달려가서 광어와 산낙지, 오징어를 조목조목 골라 주인에게 맛있게 썰어달라고 했다. 그리고 쪼르르 달려와서는 광어회 나머지로 탕을 만들어준다고 남들 다 아는 이야기를 자랑처럼 늘어놓았다.

"한데, 생각처럼 좋은 기삿거리가 없으면 어떡하려구."

래호는 민하를 바라보며 짐짓 걱정이 되는 표정이 되어 물었다. 하지만 의외로 민하는 여유로웠다. 이미 이 세계에서 산전수전 다 겪었다는 표정이었다. 말없이 빙그레 웃는 모습이 그렇게 말하는 것 같았다.

"걱정하지 마세요. 선생님 이래봬도 제가 리먼에 관해서 상당량의 자료를 갖고 있잖아요. 이 건은 정치와 매우 밀접한 관계가 있어서 자료를 모으지 않을 수가 없었어요. 게다가 설사 맨손으로 올라간다고 해도 부장이 비행기 삯을 토해 내라고 하진 않을 거예요. 저는 청와대 출입기자거든요."

하고 민하가 웃었다.

리먼이 파산을 했다면 청와대의 반응이 궁금했다. 래호는 민하에게 묻지 않을 수가 없었다.

"우선 정부 여당은 리먼 사태가 정치적인 쟁점으로 부상한 걸 경계하는 눈치예요. 야당에서는 리먼 인수에 정부가 개입한 것이 아닌가 의심의 눈초리를 보내고 있어요. 하지만 당장에 벌어진 지구촌 금융위기가 과연 어디까지 번질까에 노심초사하는 모습이에요. 외환을 긴급 점검하는 등 지금 정부는 혼란에 빠진 상태예요."

"선제 대응할 기회를 잃어버렸다. 내 힘의 한계를 느끼는구나."

래호는 자조 섞인 목소리로 중얼거렸다. 래호는 자조 이상의 절망을 느꼈다.

"선생님께서는 하실 만큼 하셨어요. 선생님만큼 온몸을 내던져서 불행을 막아보고자 노력한 사람이 누가 있으려고요."

민하는 래호를 위로하려고 애썼다. 래호의 모습이 한층 초췌해 보였다.

"이번 위기 역시 서민들을 희생시켜 벗어나려고 하겠지. 지배세력이 계속 이런 식으로 기득권을 유지하고자 한다면 그때는 정말 내 몸을 던질 테다!"

래호는 사뭇 비장한 어투로 말했다. 민하는 그 말이 단지 말뿐이 아니라는 것을 잘 알고 있었다.

민하의 마음을 눈치 챘는지 래호가 한마디 덧붙였다.

"미네르바의 부엉이는 황혼녘에 나는 법이지."

말을 마친 래호는 더 이상의 부연 설명 없이 그냥 쓸쓸히 술을 한 잔 들이켜고 있었다.

철썩, 하고 가까이서 바닷물이 바위에 부딪는 소리가 들려왔다.

분위기가 다소 경직되자 민하는 분위기를 풀려는 듯 코맹맹이 소리를 했다.

"이곳까지 오셨는데 기분을 푸세요, 선생님. 그래서 저도 이렇게 왔잖아요."

"응, 그래."

하지만 역시 래호는 딴청을 부리고 있었다. 딴에 래호는 민하의 말을 생경하게 받아들였다. 민하로 말하자면 남자의 우울한 기분을 풀어주는 따위의 기술을 구사하는 여자가 아니었다.

"난 너를 여자로 생각해 본 적이 없다."

"어머, 정말이세요?"

"정말이지."

"남녀 사이에 나이차가 무슨 소용이에요?"

민하는 오늘따라 알 수 없는 소리를 자주 했다. 래호는 그래도 그냥 그런가 보다 하고 가볍게 흘려들었다.

"예전에 선생님이 제게 벙어리장갑을 사주셨잖아요. 그땐 왜 그러셨어요?"

"날이 추워서 그랬지."

"남자한테 선물받기는 그때가 처음이었어요."

"남자가 아니래도 그런다."

하고 래호는 못난 꼬마의 머리를 쥐어박는 시늉을 했다.

"네가 자꾸 그런 소리를 하면 나는 술 안 마시련다."

정말 이제 더 이상 술을 마시지 않겠다는 듯 래호는 술잔을 뒤집어놓았다. 실상 래호는 술을 그다지 많이 마시는 편이 아니었다. 조금씩 기분을 추스르기 위해 반주 겸 먹는 스타일이었다. 오랜 절제생활을 통해 길들여진 술버릇이었다.

"피, 선생님이 안 마시겠다면 내가 다 마셔버리면 되죠."

기자들은 원래 술을 잘 마시는 편이었다. 민하도 그중 하나라는 듯, 아니면 먼 곳에 와서 그간의 농축된 긴장이 한꺼번에 풀어진 듯 거리낌 없이 술을 마시고 있었다. 정말 그대로 가다가는 술에 취할 것만 같았다. 그러나 그녀는 이미 술에 취해 있었다. 술에 취해 발그레해진 얼굴이 그녀의 얼굴을 더욱 빛나게 만들어주었다.

"어쨌든 선생님을 돕지 못해서 죄송해요. 미국에 갔을 때도 계속 선생님 생각만 했어요. 어떻게 하나 그저 걱정만 했을 뿐이에요."

민하는 울먹이듯 말했다. 정말 그때의 감정이 살아난 듯 그녀의 눈이 순간 초롱초롱해졌다. 눈가에 이슬이 맺히는 거였다. 그 모습을 보자 래호는 약간 화가 났다. 그녀의 걱정이 괜스럽다 싶은 거였다.

"민하는 그저 민하 일만 열심히 하면 되는 거야."

하자 민하 또한 지지 않고 분한 듯 입술을 깨물며 말했다. 깨문 입술이 하얗다.

"내가 어떻게 그럴 수 있어요. 나는 선생님을 돕고 싶었다고요."

래호는 더 이상 민하와 다투고 싶지 않았다. 머리를 식히고 싶어서 여기까지 달려온 것이었다. 딴에는 취재 운운하지만 민하 역시 같은 생각으로 이곳까지 온 마당에 그곳의 소음을 끌어들이고 싶지가 않았다.

"미안해요, 선생님. 선생님 기분을 풀어드린다는 게 더 헝클어뜨린 것 같아요."

하고는 민하는 앞에 놓인 술을 냉큼 마셔버렸다.

래호는 민하와 자주 만났지만 민하가 오늘처럼 술을 많이 마시는 것을 보지 못했다. 대체 그녀의 주량을 짐작할 수가 없었다. 하지만 더 이상 술을 마셔서는 안 될 것 같았다.

벌써 빈 병이 세 병이었고 또 한 병을 비우고 있는 중이었다. 한 병은 래호가 마셨다 치고 세 병째 술을 마시는 그녀가 조금은 위태롭게 보였다.

"내일 올라가야 할 텐데 오늘은 그만 마시지."

"싫어요."

민하는 어리광을 부리는 아이처럼 말했다. 정말 자신이 철부지 소녀라도 된 것처럼 떼를 썼다.

"선생님하고 같이 올라갈래요."

"민하는 일을 해야지."

"내일은 토요일이고 모레는 일요일이에요."

그런가. 가만 날짜를 짚어보니까 민하 말이 맞았다. 날짜까지 잊고 지내고 있었다.

래호는 민하에게 그만 일어나자고 말했다.

"어디로 가시게요?"

"호텔로 가야지."

"좋아요, 가요."

래호는 비틀거리는 민하를 부축하고 자리에서 일어섰다. 래호가 계산을 하려고 하자 민하는 계산은 자기가 하겠다고 우겨댔다.

"계산은 제가 한다고 했잖아요."

하면서 민하는 계산을 치렀다.

밖으로 나오자 바깥 풍경이 낯설었다. 술에 취해 바라보는 밤바다는 그런대로 새로운 정취가 있었다. 늦은 밤인데도 방파제 위를 거니는 젊은 연인들이 보였다. 연인들의 모습이 밤바다와 어울려 한층 다정해 보였다.

래호와 민하는 팔짱을 낀 채 호텔 쪽으로 걸어갔다. 누가 보면 영락없는 연인이었다.

"선생님을 만난 것을 퍽 다행이라고 생각해요."

민하는 술에 취해 있었지만 나름대로 정신을 차리려고 노력하는 것 같았다. 하지만 이미 그녀의 발음은 잔뜩 흐트러져 있었다.

"왜?"

민하는 대답 대신 웃었다. 자신의 말이 철부지 같다고 스스로 생각했는지도 모른다.

"왜 그런 생각을 했지?"

래호는 다시 한 번 물었다. 뜻을 몰라 묻는 것은 아니었다.

"선생님을 만나니까 비로소 제 역사가 일목요연하게 드러나 보이는 거예요."

래호는 민하의 말을 이해할 수가 없었다. 자신이 그럼 민하에게 거울 역할을 했단 말인가.

"능현리를 잊고 살았거든요."

"그때는 더 넓고 화려한 세상이 산 너머에 있다고 꿈을 꾸고 있었어요. 능현리 따위는 보잘것없다고 생각했지요."

능현리는 어머니의 자궁 같았다. 세상의 세파에 시달리다가 문득 달려가는 곳이 능현리였다. 능현리에 가면 태초의 고요와 적막이 래호를 반기곤 했다. 능현리의 존재는 퍽 다행스러운 것이었다. 그리고 그곳은 근본을 가리키는 곳이기도 했다. 래호는 농부의 아들이었고 민하는 농부의 딸이었다.

민하 또한 마찬가지일 것이다. 민하의 고향, 그리고 래호 자신의 고향, 또 도시를 배회하는 자들의 숱한 고향이 바로 능현리 같은 곳이었다. 하지만 대부분의 사람들은 자신들의 고향을 잊고 살아간다. 그러다가 어느 날 갑자기 고향이 눈앞에 불쑥 떠오르는 것이다.

호텔에 다가오자 민하가 혼자 걷겠다고 했다.

"선생님, 괜찮아요."

어쩜 멀쩡한 여자처럼 아무렇지도 않게 말하는 것이었다. 하지만 그녀는 호텔에 들어서자 쓰러질 것처럼 비틀거렸다. 호텔 종업원이 불안한 듯 바라보았다. 종업원은 아무래도 걱정이 되었는지 엘리베이터 앞까지 쫓아왔다.

방에 들어오자마자 민하는 침대에 몸을 던졌다. 그녀의 몸을 받아들인 침대가 출렁거렸다.

래호는 그대로 잠이 들면 안 된다고, 손발이라도 씻으라고 민하의 어깨를 두드렸다. 그러다가 그대로 그냥 잠들 것만 같았다.

"염려 마세요, 선생님. 내가 이깟 술에 취했다고 그냥 잠들어 버릴 것 같아요?"

하고 민하는 오기를 부려보았다. 하지만 술의 힘이 완강히 그녀를 누르고 있었다.

"그렇지만 지금은 그냥 이대로 누워 있을래요. 잠깐 쉬고 싶어요."

래호는 민하의 마음을 헤아린 듯 그러라고 했다. 자신이 민하를 너무 어리게 본다든가, 민하에게 너무 엄격한 잣대를 들이대는 것이 아닐까 하는 자괴감이 들기도 했다.

래호는 베란다로 나가 담배를 피워 물었다. 멀리 밤바다 쪽에서

듬성듬성 밤배가 바다 위에 떠 있는 것이 보였다. 배의 형체는 보이지 않았다. 무슨 시커먼 바위처럼 둔탁하게 형체가 문드러져 보일 뿐 밝힌 불에서 간간이 배가 바다 위에 떠 있구나 하고 생각될 뿐이었다.

"선생님!"

민하가 부르는 소리가 들렸다. 래호는 베란다에서 나와 민하에게 다가갔다.

"어디 계셨어요?"

민하는 여전히 술 취한 목소리로 물었다. 민하의 술 취한 모습이 낯설어 여전히 쉽게 적응이 되지 않았다.

"담배 한 대 피우고 왔어."

"담배는 몸에 좋지 않아요."

마치 꿈결처럼, 아내처럼 민하가 중얼대듯 말했다. 만일 래호에게 아내가 있었다면 민하처럼 잔소리를 늘어놓곤 했으리라. 래호는 경험을 하지 못해 그 상황을 이해할 수가 없었다. 하지만 민하 같은 여자가 전하는 잔소리는 어쩐지 귀여울 것만 같았다.

래호는 민하를 내려다보았다. 민하는 여전히 누워 있었고 눈을 감고 있었다. 눈을 감고 있는 모양새로 그녀가 잠이 든 것인지 비몽사몽간인지 구분을 할 수가 없었다. 아무튼 술이 그녀를 누르고 있는 것만은 틀림없는 듯했다.

민하는 잠깐 눈을 떴다. 눈을 뜨곤 래호를 바라보았다. 그러고는 새로운 결심이 선 것처럼 말했다.

"나, 일어날래요."

하고는 허우적거리며 자리에서 일어나려고 했다. 래호는 그녀가 쉽게 앉을 수 있도록 그녀의 어깨를 받쳤다.

민하는 기적처럼 똑바로 앉았다. 앉아서는 래호를 마주하고 뭔가 말을 하고 싶어하는 것 같았다. 하지만 그녀는 너무 취해 있었다. 금방 몸을 가누지 못하고 스르르 래호 쪽으로 무너져 버렸다. 딴은 일부러 래호의 품을 찾는 것 같기도 했다.

래호는 자신의 품을 찾아든 민하의 등을 손바닥으로 토닥여주었다. 등은 단단하면서도 어딘지 여인다운 부드러움이 있었다.

"선생님 미안해요. 내가 너무 취해 버렸어요."

래호는 괜찮다고 했다. 술이야 다음 날 아침이면 깨끗하게 달아나버릴 거라고, 아무것도 아니란 투로 말했다.

"아무것도 아닌 게 아니에요. 그래도 선생님하고 처음 보내는 밤인데 이럴 수는 없는 거예요."

정말 민하가 술이 많이 취했는가 보다고 래호는 생각했다. 다음 날 아침이면 까맣게 잊을 만한 이야기를 마구 내놓는 것이다. 하지만 어딘지 가슴 아프고도 슬픈 이야기였다.

어디선가 여자의 흐느낌이 들려왔다. 멀고도 가까운 곳에서 마치 인어공주에 나오는 인어의 노랫소리처럼 바다 어디선가 귀신이 되어버린 여자의 노래가 울음처럼 들려오는지도 몰랐다.

한데 울음소리는 래호의 가슴팍 부근에서 시작된 것이다. 민하가 울고 있었다.

정말 민하가 울고 있는 것일까 해서 래호는 민하의 양어깨를 붙들고 민하를 몸에서 떼어 민하를 바라보았다. 민하는 눈물을 보이지 않겠다고 오기를 부리는 어린아이처럼 고개를 돌렸지만 흐느낌은 멈추지 않았다.

래호는 민하가 왜 우는지 그 이유를 도통 알 수가 없었다. 자신이 뭐 섭섭하게 대한 것이라도 있는가 생각해 보면 그다지 민하에게 몹쓸 짓을 한 것 같지도 않았다. 술에 취하면 우울해진다. 술을 지나치게 마시면 우울증에 걸린 사람처럼 우울이 심해져 눈물이 나기도 하는 것이다. 그래서인가 보다 하고 래호는 다시 민하를 자신의 품에 기대게 하고 말없이 민하의 등을 어루만져 줄 따름이었다.

래호와 민하가 호텔 안으로 사라졌을 때 검은 차 안에서 정체불명의 사내가 내렸다. 그리고 또 한 사내가 차의 다른 문에서 내리고 마침내 미시마 츠요시가 모습을 나타냈다.

미시마 츠요시는 래호가 사라진 호텔 쪽을 한참 동안 바라보았다.

"저 여자가 바로 홍민하라는 여자인가?"

미시마 츠요시가 누구랄 것 없이 두 사내에게 물었다.

"네, 그렇습니다."

오무라라는 남자가 대답했다.

미시마 츠요시는 이미 여자에 대한 정보를 받았다. 하지만 미시마 츠요시도 둘의 관계를 뭐라 딱 집어 말할 수가 없었다. 래호가 여자에 대해서 집착을 하는 것 같기도 하고 반대로 여자가 래호에 대해

집착을 하는 것 같기도 하고, 둘은 마치 공동의 목적을 두고 움직이는 양상을 보이기도 했다. 동료인가? 아니면 애인 사이인가? 그동안 여러 가지로 궁금했지만 오늘 둘의 행동을 보고서야 미시마 츠요시는 비로소 둘의 관계에 대해 좀 더 확신을 할 수가 있었다.

"둘은 같은 방에 묵게 되는 것인가?"

미시마 츠요시는 다시 두 사내에게 물었다.

"그렇습니다."

사람들의 시선을 피해 각각 강원도까지 달려와서 몰래 밀월을 즐긴다는 것은 틀림없이 보통 관계가 아니었다.

홍민하를 본 순간 미시마는 일본에 두고 온 에리카를 떠올렸다. 에리카는 이번 한국 여행에 함께 오고 싶어했다.

"위험한 일이야."

미시마 츠요시가 단호하게 말하자 에리카는 눈을 동그랗게 떴다. 여태껏 미시마 츠요시는 에리카에게 위험하다는 말을 한 번도 한 적이 없었다.

"일에 집중을 요한다는 것이지. 한가로이 데이트를 즐기면서 해결할 수 있는 일이 아니야."

미시마 츠요시는 그녀에게 일과 놀이를 명확하게 구분지어 알릴 필요성이 있었기 때문에 그렇게 말했던 것이다. 그녀는 더 이상 묻지 않았다.

"다음에는 꼭 데리고 가도록 하지."

하고 미시마 츠요시는 에리카에게 아이를 어르는 어른처럼 말했다. 하지만 여전히 단호함이 배어 있는 약속이었다.

"불행한 일이로군."

미시마 츠요시는 여전히 호텔 문에 시선을 박고 혼잣말처럼 말했다. 그러고는 나지막하게 두 사내에게 말했다.

"우리도 오늘 저 호텔에서 묵는다."

▸▸▸

홍민하. 효찬은 능현리에서 올라온 뒤 파트너인 김재원에게 홍민하라는 인물에 대한 정보를 수집하라고 일렀다. 그리고 직접 인터넷 검색을 해보았다. 효찬은 홍민하라는 여기자가 작성한 기사들을 조회해 보았다. 지혜의 여신과 관련된 기사는 없었다. 다만 홍민하라는 여기자가 일반 여기자가 아닌 청와대 출입기자라는 것을 알아냈다.

재원으로부터 현재 홍민하가 강원도 속초에 있다는 정보가 올라왔다. 내일은 일요일이었다. 주말인데도 불구하고 속초까지 달려가야 하는 자신의 처지를 생각하면 씁쓸하기만 했다. 한데 청와대 출입기자가 왜 속초에 간 것일까. 그리고 경제 전문가도 아닌 정치부 기자가 과연 지혜의 여신이 올린 경제에 관한 글을 쓸 수가 있었을까. 여러 가지로 의문스러웠다.

"청와대 출입기자야?"

효찬으로부터 보고를 받은 부장은 다소 떨떠름해했다.

"정확한 정보야?"

효찬은 그렇다고 말했다.

"정확한 정보입니다. 하지만 이 여자가 지혜의 여신인지는 좀 더 조사를 해봐야 할 것 같습니다."

"음."

부장은 고개를 숙이고 자신의 턱을 어루만졌다. 잠시 생각을 정리한 부장이 고개를 들고 손가락을 튕기며 말했다.

"어설프단 말이야. 일개 청와대 출입기자가……. 그것도 정치부 기자가 접근할 수 없는 경제 정보가 아닌가. 누군가 배후가 있을 거야. 우선 여자와 접촉을 해봐."

효찬도 부장과 같은 생각이었다. 여자를 만나 직접 캐묻는 것이 지름길이었다. 괜히 잘못 짚고 있을지도 모르는 문제였다.

"알겠습니다."

"내일 당장 내려가보도록 하게."

효찬은 다시 한 번 알겠다고 부장에게 말했다. 그리고 재원에게는 홍민하가 묵고 있는 호텔 이름을 알아봐 달라고 했다.

"직접 전화는 하지 마. 눈치 챌지 모르니까."

"아이티 에프티한테 연락해서 휴대폰 위치를 파악해."

수 시간 후, 재원에게서 연락이 왔다.

"과장님, 홍민하가 삼해호텔이라는 곳에 머물고 있는 것으로 파악되고 있습니다."

저도 가야 하나요? 하고 재원이 물었다. 그 어감 속에서는 자기는 좀 빼줬으면 하는 애원이 담겨 있었다.

"알았어. 대신 지부에서 떠나면 안 돼."

말을 마치고 효찬은 전화를 툭 끊어버렸다.

일요일 아침. 효찬은 곧장 김포공항으로 가 국내선을 탔다. 마침 결항이 있어서 쉽게 자리를 얻을 수가 있었다. 바캉스철이 아니고 추운 겨울에 속초를 찾는 사람은 많지 않았다.

양양공항에 내린 효찬은 어제 민하가 묵었다는 삼해호텔로 택시를 타고 갔다. 하지만 이미 민하는 호텔을 떠나고 없었다. 효찬은 호텔 종업원에게 물어 다시 택시를 타고 민하가 갔다는 방향으로 달렸다. 달리던 중 도로변에 경찰차가 서 있는 것을 발견했다. 무슨 사고가 난 듯했다.

어디로 간 것일까? 효찬은 민하가 사라진 방향을 알 수가 없었다. 하는 수 없이 지부에 도움을 요청했다. 김재원을 지부에 남겨두고 온 것이 다행이었다.

대포항 근처를 어슬렁거리던 중 효찬은 지부의 재원으로부터 지금 민하가 속초병원에 있다는 소식을 들었다.

"홍민하가 병원은 왜?"

"죽었답니다."

"죽어?"

효찬으로서는 날벼락 같은 소리였다. 지혜의 여신과 관련된 끈을 발견했다 싶었는데 여자가 죽어버렸던 것이다.

순간 효찬은 아까 이곳으로 오면서 도로변에 경찰차와 소방차가 정차해 있는 것을 봤던 기억이 났다. 설마 했는데 그것이 민하의 죽음과 연관이 있었다.

효찬은 속초 경찰서를 찾아갔다. 속초 경찰서에서 아침에 국도변에서 일어난 사고 조사를 담당했던 경찰을 찾았다. 외근을 나갔던 경찰이 점심 때쯤 돌아왔다. 효찬 때문에 일찍 돌아온 것인지 일처리를 마치고 돌아온 것인지 효찬으로서는 사실을 알 수가 없었지만 담당 경찰관이 일찍 돌아와 반가웠다. 효찬은 자신의 신분증을 내밀며 협조를 요청했다. 박 경관이라는 사람은 정보부에서 작은 도시에 내려와 조사를 하는 것을 보고 좀 의아해하는 눈치였다.

박 경관은 오늘 일어난 사건에 관해 또렷이 기억을 하고 있었다.

"전날 새벽에 비가 내렸어요. 때문에 도로가 미끄러웠는데 운전자가 미처 그 생각을 못 했던 것 같아요. 해안가 도로를 달리던 차가 바다로 추락을 했어요. 한 명은 익사를 하고 한 명은 구조됐어요. 그게 전붑니다."

경찰관은 아무 일도 아니라는 듯 마치 건너편 불난 일 이야기하는 것처럼 태연스럽게 말했다.

"동승자가 있었어요?"

효찬은 비로소 죽은 여기자와 동승했던 인물에 대해 처음 알았다. 호텔에서도 남자 이야기는 없었다.

"네, 남자였는데 다행히 그 사람은 구조됐어요."

효찬은 일단 살아남은 남자를 조사하기로 했다. 그 남자가 어떤 연관성이 있는 사람일지도 모른다고 생각했다.

"그 남자분 신원을 알 수가 있을까요?"

경찰관은 기록을 뒤적이더니, 효찬에게 보여줬다. 효찬은 이름과 생년월일을 메모했다.

김래호, 효찬으로선 생소한 이름이었다. 아무튼 비밀의 열쇠를 쥔 사람임이 틀림없다는 느낌이 들었다.

"구조된 사람은 지금 어디에 있습니까? "

"속초병원에 있습니다."

"병원 이름이 속초병원인가요?"

그렇다고 경찰은 심드렁하게 말했다. 참고인 역할에 익숙하지 않은 것 같았다.

효찬은 휴대폰으로 지부에 있는 재원에게 전화를 걸어 김래호라는 인물에 대한 정보를 최대한 많이 알려줄 것을 요청했다. 그리고 일단 경찰과 함께 사고 현장에 가보기로 했다.

홍민하라는 여자는 죽고 남자는 살아남았다. 그 남자의 정체는 무엇인가. 혹시 그 남자가 지혜의 여신이 아닐까?

사고는 단순한 사고가 아니었다. 청와대 출입기자가 사고로 죽었다.

"혹시 당시 사고 현장을 알고 계세요?"

경찰은 알고 있다고 했다. 자신은 이곳 태생이라면서 국도변이라면 눈을 감고도 다닐 수 있다는 것이었다.

효찬은 경찰차를 타고 사고 현장으로 향했다.

"죽은 사람이 청와대 출입기자였다면서요?"

효찬이 모른 척 경찰에게 물었다.

"그렇다고 하네요."

"언론에서도 꽤 시끄럽겠군요."

"글쎄요."

언론에서 달려오기에는 너무 조용한 일요일 아침이었다.

"그쪽에서 움직이는 걸 보면 사고가 큰가 봅니다."

"일단 사람이 죽었으니까요."

효찬은 다시 지부로 전화를 걸었다. 그러고는 김래호라는 인물에 대해 가급적 빠른 시간 안에 정보를 보내달라고 재촉했다.

박 경관도 어디론가 통화를 하고 있었다. 통화를 하면서 능숙하게 운전을 하는 것이었다.

"네. 네."

경찰은 병원에 전화를 걸어 김래호란 인물의 상태를 물어보는 듯했다. 박 경관은 마침내 폴더를 닫고 말했다.

"목숨에 지장은 없답니다. 물을 많이 마셨고 갈비가 한 대 부러지고 머리에 약간의 뇌진탕 증세가 있지만 생명에는 지장이 없답니다."

그때 갑자기 경찰관은 사고 현장을 지났다고 부산을 떨었다. 그는 산모롱이에서 위험하게 중앙선을 넘어 차를 회전시켰다.

마침내 그는 사고 현장에 차를 정차했다.

"여기요. 여기서 차가 바다로 처박혔답니다. 이쪽으로 차가 달려오다가 그냥 가드레일을 뚫고 일루 날아갔다는군요."

"브레이크를 밟지 않았네요."

효찬은 라이터로 틱, 담배에 불을 붙이곤 말했다. 브레이크를 밟지 않은 채 가드레일을 뚫고 바다로 추락한 것은 이해할 수 없는 일이었다.

"그렇습니다. 도로 바닥에 타이어 자국이 없지요?"

"혹시 동반자살을 시도한 것이 아닐까요?"

효찬은 담배 한 모금을 바다로 훅 뱉으면서 말했다.

"구조된 남자 말로는 누군가 브레이크에 손을 댔다고 하더라고요."

"브레이크에 손을 대요?"

효찬은 믿기지 않는 소리라 자신의 귀를 의심했다.

"운전 못 하는 사람들이 사고를 저질러놓고 하는 소리가 그 소리지요. 브레이크가 고장 났다, 그런 식이죠."

효찬은 난간을 훑어보았다. 난간은 부서져 있었다. 난간에서 바다와의 거리는 꽤 높았다. 적어도 십여 미터에 이르는 절벽이었다. 여기서 차가 그대로 바다에 처박히는 것은 상상만 해도 끔찍한 일이었다.

"여자가 남자를 살렸다고 하네요. 당시 사고를 신고한 목격자의 말에 의하면 여자가 남자를 구하고 본인은 죽었다고 합니다."

경찰은 꽤 비밀스러운 부분을 이야기하는 것처럼 말했다. 그처럼 중요한 이야기를 왜 이제야 하는지 효찬은 박 경관이 이해가 되지 않았다.

"어떻게 여자가 남자를 살려요. 함께 바다에 빠졌다면서요."

그러자 박 경관은 당시 상황에 대해서 자세히 설명을 했다.

"바로 뒤를 따라가던 사람이 있었대요. 차가 난간을 뚫고 그대로 바다로 돌진하기에 차를 세웠다고 합니다. 본인 말로는 미친 척 바다로 뛰어들어 두 사람을 구하고 싶었지만 날이 너무 추워 그럴 수 없었다고 합니다. 차가 가드레일 기둥에 부딪히면서 그 충격으로 앞 유리창이 박살났어요. 차 안으로 바닷물이 밀려들면서 차가 금방 가라앉아버렸지요."

"한데 여자가 어떻게 남자를 구하고 본인은 죽었다는 걸까요?"

효찬은 정말 궁금하다는 듯 인상을 찌푸리며 경찰관에게 물었다.

"목격자가 곧장 일일구에 전화를 했고 한참이 지나도 사람이 떠오르지가 않더라는 겁니다. 그런데 여자가 모습을 드러냈어요. 목격자 말로는 여자더러 저쪽 해안가를 가리켰대요. 여자는 목격자를 바라보고 살려달라고 소리를 쳤답니다. 그래서 목격자는 곧 구조대가 올 거라고 알렸답니다. 여기서 소방서가 가까우니까. 한 10분 이내로 올 거라고……. 한데 여자는 그대로 다시 물속으로 잠수해 들어가더래요. 남자를 구하려고 하는 것 같았답니다. 하지만 다시 여자가 물에 떠올랐을 때도 여전히 남자는 없고 여자 혼자였대요. 여자는 숨을 머금고 다시 물속으로 들어가고 그짓을 연신 반복하더랍니다. 나중에 알게 된 일인데 차가 가드레일 기둥에 부딪혀 찌그러지면서 안전벨트가 의자와 차 틈 사이에 끼어서 남자가 나오질 못하는 거예요. 여자는 남자가 숨을 못 쉬자 자신의 입으로 숨을 담아 남자에게 계속 전달을 했어요. 구조대가 올 동안 계속 그랬다는 거예요. 그러다가 여자는 죽고 남자는 살았어요. 구조대가 도착해서 구조작업을 벌이기 직전 여자는 물속으로 가라앉았고 남자는 겨우 차 속에서 빠져나왔답니다. 남자가 여자를 물속에서 꺼냈지만 이미 여자는 숨이 끊어져 있었어요."

이야기를 듣고 보니 효찬은 당시의 현장이 손에 잡힐 듯 그려졌다. 그런데 그것도 의문이었다. 왜 여자가 남자를 살리려고 발버둥쳤을까.

그때 효찬의 휴대폰이 울렸다. 파트너인 재원이었다.

"김래호는 며칠 전까지 청와대 국가경제재건위원회 위원으로 있던 경제학자입니다. 더 필요한 자료는 메일로 보내드리겠습니다."

효찬이 전화를 끊자 경찰관은 궁금한 듯 효찬을 바라보았다.

"큰 사고는 큰 사고인 것 같습니다."

효찬은 혼잣말처럼 중얼거렸다.

# 바다의 묵시록

•

래호가 눈을 떴을 때 민하는 여전히 침대 위에서 잠들어 있었다. 래호는 침대가 아닌 바닥에서 잠을 잤다.

침대 위에서 아이처럼 투덜대던 민하는 곧 잠이 들었고 래호는 민하가 잠이 든 뒤로도 한참 동안 뒤척이다가 잠이 들었다. 낯선 환경 탓이기도 했지만 민하와 함께 한 방에서 밤을 지새운다는 것이 부담스러웠던 것이다.

래호는 일어나자마자 화장실을 들락거렸다. 면도를 하고 세수를 하는 등 여느 때와 같은 일상을 준비했다.

틈틈이 민하를 살펴보았다. 마침내 민하가 잠을 깼다. 민하는 잠시 실눈을 뜨고 래호를 바라보았다.

"벌써 일어나셨어요?"

하고는 게으른 공주처럼 다시 잠을 청하는 것이었다.

그녀는 젊었다. 그 탓인지 몰라도 민하는 일찌감치 알코올 기운을 털어냈다.

래호는 베란다에 나가 아침 담배를 피웠다.

베란다에서 내다보는 대포항의 아침 풍경은 아스라했다. 바다와 작은 돌섬과 바다를 가로지르는 작은 배들이 한눈에 들어왔다. 그리고 지난밤 민하와 함께 술을 마시던 대포항의 난전 횟집촌이 보였다.

간밤에 비가 왔는지 도로가 젖어 있었다. 날이 쌀쌀했다. 게다가 바람까지 불고 있었다. 담배 한 대를 다 피울 동안 래호는 추위를 느끼고는 몇 번이나 몸을 후드득 떨어댔다.

다시 방으로 돌아오자 래호는 민하가 자리에서 일어나 앉아 있는 것을 바라보았다. 그녀의 복숭앗빛 뺨이 약간 거칠어 보일 뿐 지난밤 주사의 흔적은 보이지 않았다.

"어디 갔다 오세요?"

민하는 무덤덤하게 물었다.

래호는 잠시 베란다에 나가 담배를 피웠다고 했다. 지난밤과는 달리 민하는 아무 말이 없었다. '담배는 몸에 좋지 않아요' 라고 중얼대던 민하의 목소리가 생생하게 살아났다.

"아침을 먹어야지?"

래호가 다정스레 물었다. 그녀의 속이 쓰릴 것이라 생각했다. 복어국이 생각났다. 아니면 속초 시내에 나가면 나름대로 해장거리가 있을지도 몰랐다. 호텔 근처에 있는 음식점에 들를 생각이었다.

"그래야지요."

민하는 무덤덤하게 말했다. 그러다가 "배고프시죠?" 하고 돌연 묻는 것이었다. 사실 래호는 배가 고픈 줄은 알지 못했다. 약간 배가 고픈 것 같기도 하지만 그것이 술 때문에 속이 쓰린 것인지 정말 배가 고픈 것인지 구분이 가지 않았다.

민하는 잠시 기다려달라고 하곤 주섬주섬 옷을 챙겨 입었다. 그녀는 별안간 속초로 오는 바람에 제대로 여행 준비를 하지 못했다. 여벌의 옷도 없었다. 게다가 화장품도 챙기지 않았다. 화장을 하지 않은 얼굴도 아름다웠지만 그녀는 맨얼굴을 래호에게 보이는 일이 민망했는지 자주 얼굴을 다른 쪽으로 돌렸다.

래호는 상관없다는 듯 민하를 뒤에 두고 호텔방에 있는 컴퓨터에 매달렸다. 간단한 날씨 정보와 새로운 뉴스를 검색했다. 뉴스는 온통 가슴 아픈 이야기뿐이었다.

"됐어요, 선생님."

마침내 외출 준비를 마친 민하가 돌아섰다. 그제야 래호는 되돌아서서 민하를 바라보았다. 그러고는 싱긋 웃어 보였다.

둘은 호텔을 빠져나왔다. 래호는 호텔 종업원에게 근처에 해장거리를 파는 음식점이 어디에 있는지 물었다.

호텔 종업원은 가까운 곳에 한식집이 있다고 말했다. 호텔에서 나가 한 블록쯤 좌측으로 걸어가면 그곳에 음식점이 여럿 있다는 것이다.

과연 호텔 종업원이 일러준 대로 호텔에서 좌측으로 한 블록쯤 걸어가자 한식집이 나왔다. 래호는 그중 외양이 깨끗한 한식집에 들어갔다.

아침 손님이 없었다. 그래서인지 식당 분위기가 을씨년스러웠지만 그런대로 깨끗한 식당이었다.

자리에 앉자마자 민하는 매운탕을 먹고 싶다고 했다. 래호도 덩달아 매운탕을 먹겠다고 했다.

"속이 쓰리지 않을까?"

"괜찮아요. 시원한 게 좋을 거예요."

민하는 마치 노파처럼 말했다.

둘은 음식이 나오는 동안 멍하니 TV 뉴스를 바라보았다. 래호는 TV 뉴스가 단절된 세상과 자신을 이어주는 아득한 통로처럼 보였다. 뉴스는 주로 리먼브라더스 파산으로 당혹해하는 미국 정부의 표정을 담고 있었다. 그리고 곧이어 건너편 세상에서는 세상에 관한 잡다한 소식들을 이곳 조용한 항구도시로 강제로 밀어 넣었다. 기자로서 관심을 가질 만한 이야기인데도 불구하고 민하는 무덤덤하게 TV를 마치, 외국 뉴스를 바라보듯 보는 것이었다. 다행히 오늘은 토요일이었다. 그리고 내일은 일요일이었다. 그녀도 모처럼 준비된 휴식을 만끽하고 싶었는지 뉴스에 대해서는 굳게 입을 다물었다.

"우리 낙산사 갈까요?"

민하는 대구매운탕을 먹으면서 래호에게 제안을 했다.

래호는 민하가 굳이 왜 낙산사에 가고자 하느냐고 묻지 않았다.

"대학교 다닐 때 친구들하고 낙산사에 놀러간 적이 있어요."

그래서인지 그곳에 꼭 가보고 싶다는 것이다.

래호는 그러자고 했다. 민하와는 달리 여행을 별로 즐겨하지 않는 편이었지만 어쨌든 민하가 하고 싶은 일은 모두 해주고 싶었다.

식당을 나서자 슬금슬금 비가 내리기 시작했다. 아무래도 조심운전을 해야 할 것 같았다. 민하는 자신이 운전을 하겠다고 했다.

"괜찮겠어?"

"선생님 이래봬도 십 년 무사고예요."

래호는 언제나 민하가 아이 같았다. 못 미더운 것이 아니라 아이 같은 민하에게 운전대를 맡긴다는 것이 생각보다 조금 불안했을 뿐이다. 게다가 길은 비가 내려 미끄러웠다. 하지만 민하는 즐거워했다. 아이처럼 운전을 하면서 바다를 보고 손을 흔들기까지 했다.

"조심해!"

래호는 짐짓 아이를 타이르는 것처럼 말했다.

어디까지나 민하는 어리기만 했다. 그것은 어쩔 수 없는 래호의 고정관념이었다. 래호의 마음을 읽어서일까 민하는 과시라도 하듯 한껏 가속 페달을 밟아댔다.

차는 엑스포장을 지나 쌍천교를 건넜다. 거기서 좌회전을 하고 천산온천 방향으로 달릴 때였다. 갑자기 민하의 안색이 파랗게 질렸다.

"브레이크가 듣질 않아요."

브레이크가 듣질 않다니, 래호는 민하의 말을 이해할 수가 없었다. 8킬로미터쯤을 아무 이상도 없이 달리던 차가 갑자기 브레이크가 말을 듣지 않는다니, 하지만 확인할 겨를이 없었다. 차는 이미 직선코스를 지나 산모롱이를 향해 질주하고 있었다. 속도를 줄이지 않으면 그대로 바다에 처박힐 것 같았다.

래호는 다급한 나머지 핸드브레이크를 잡아당겼다. 하지만 이미 차는 가드레일을 뚫고 허공에 뜬 뒤였다. 차는 십여 미터 바다 밑으로 처박혔다. 가드레일에 부딪히면서 그 충격으로 차 앞 유리가 터져나갔다. 차 안으로 물이 밀려들면서 차는 순식간에 가라앉기 시작했다. 민하는 당황하지 않았다. 그녀는 안전벨트를 풀고 물위로 솟구쳤다. 하지만 래호의 안전벨트는 풀리지 않았다. 충격으로 차 왼쪽이 안으로 밀려들면서 차문과 안전벨트 고리가 꽉 끼어버린 상태였다. 잠시 후 민하가 다시 나타났다. 그녀는 래호가 물위로 나오지 않자 다시 물속으로 돌아온 것이다. 민하는 조심스레 차 주위를 헤엄치면서 래호에게 어서 밖으로 나오라고 손짓을 했다. 래호는 손가락으로 자신의 안전벨트 고리를 가리켰다. 그리고 손을 엑스자로 표시하면서 고장이 났다는 뜻을 전했다.

무엇보다 래호는 숨을 쉴 수 없어 고통스러웠다. 아무리 힘을 주고 고리를 빼내려 했지만 고리는 빠지지 않았다.

그때 민하가 다가왔다. 그녀는 래호의 얼굴을 붙잡고 입을 맞추었다.

래호는 마지막 죽음의 키스인가 했다. 래호는 순순히 그녀의 입맞춤을 받아들였다. 한데 그녀와 입맞춤을 하는 순간 그녀가 갖고 있던 공기가 래호에게 옮겨지는 것을 느꼈다. 래호는 그녀가 건네주는 꿀맛 같은 공기를 냉큼 삼켰다. 어쩐지 조금 더 살 수 있을 것만 같은 느낌이 들었다.

숨을 건네준 그녀는 다시 물위로 솟구치기 시작했다. 두 다리를 모으고 앞뒤로 흔들면서 수면을 향해 유유히 헤엄치는 그녀의 모습은 인어의 그것과 꼭 같았다. 전생에 인어가 아니었을까 하는 생각이 들 만큼 그녀의 유영하는 모습은 래호가 어렸을 적 보았던 만화영화 속 인어의 모습과 흡사했다.

물위로 올라간 그녀는 숨을 머금고 다시 물속으로 돌아왔다. 그리고 그녀는 다시 래호에게 입맞춤을 하면서 공기를 건네주었다.

민하는 이런 행동을 몇 번씩 반복하려는 것 같았다. 다시 그녀가 숨을 건네주고 물위로 솟구치려 할 때 래호는 민하의 팔을 붙잡았다. 그리고 손으로 흔들면서 자신을 내버려두라고, 그냥 뭍으로 올라가라고 손짓을 했다. 하지만 그녀는 세차게 고개를 흔들었다.

깊은 바닷속 환영처럼 흐느적거리며 자신에게 다가와 숨을 한 모금 건네주고 다시 바다 위로 솟구치던 민하.

래호로서는 민하를 이해할 수가 없었다. 이유를 알고 싶었지만 이유를 알 수가 없었다. 그녀는 마지막 숨을 넘길 땐 뜻 모를 미소를 지어 보였다. 깊은 바닷속 차 안에 갇혀 있는 래호에게 위로의 미소라 생각했지만 꼭 그렇지도 않은 것 같았다. 생각하면 생각할수록 알 수가 없었다.

다행히 고리가 풀려 래호는 물위로 올라갔다. 하지만 이미 민하의 모습은 보이지 않았다.

# 지혜의 여신

●

래호는 민하를 불렀다. 민하는 아직도 물속에 있었다. 래호는 민하를 물 밖으로 끄집어내기 위해서 그녀의 몸을 붙잡았다. 그러나 붙잡을 수가 없었다. 이미 그녀의 몸은 물에 녹고 있었다. 래호는 물에 녹아 점점 사라지는 민하를 바라볼 수밖에 없었다. 안타깝게 그녀의 이름을 부를 수밖에 없었다.

얼마쯤 잠이 들었을까. 누군가 가만히 깨우는 소리가 들려왔다. 눈을 뜨자 웬 사내가 자신을 내려다보고 있었다. 처음 보는 얼굴, 낯선 사내였다. 래호는 조심스럽게 주위를 살펴보았다. 병원이었다. 그제야 래호는 주사를 맞고 깊은 잠에 빠져든 기억이 어렴풋이 떠올랐다.

남자 곁에 있던 간호사가 조용히 문을 닫고 병실을 빠져나갔다. 남자가 래호에게 뭐라 말했는데 잠이 덜 깼는지 그냥 뜻 없이 웅웅 울리는 소음 같았다.

"괜찮습니까, 선생님?"

래호는 일어나 앉고 싶었다. 하지만 조금 몸을 뒤척이자 가슴에서, 머리에서, 다리에서 날카로운 통증이 전해졌다.

"그대로 누워 계세요."

누굴까. 도대체 이 사내는 누굴까. 래호는 건장한 남자를 올려다보았지만 도무지 정체를 알 수가 없었다.

"정보국에서 나온 이효찬이라고 합니다."

하면서 남자는 래호에게 신분증을 내밀었다. 얼핏 신분증에 남자와 닮은 사진이 실려 있는 것 같았다. 하지만 래호는 자세히 신분증을 들여다보지 않았다.

남자가 정보국 요원이라고 밝히자 비로소 래호는 짚이는 것이 있었다.

"속초에는 언제 왔습니까?"

래호는 남자에게 조심스럽게 물었다. 정보국 남자치곤 서글서글한 인상이었다.

"오늘 아침에 왔습니다."

"오늘 몇 시요?"

남자는 래호가 왜 자신의 행적을 꼼꼼히 묻는 것인지 의아해하는 듯했다.

"열 시경에 도착했습니다."

그때 래호는 자신도 모르게 신음소리를 냈다. 신음소리는 래호의 몸속 어딘가에서 울려나왔다. 남자는 걱정스러운 얼굴로 래호를 바라보았다.

"좀 어떠신지요?"

"괜찮아요, 숨쉬기가 좀 그렇소만."

병원 실내에는 환한 불이 켜져 있어 어두운 편은 아니었다. 그러나 어슴푸레한 어둠이 깃든 것처럼 느껴졌다. 래호는 그 어둠의 정체를 알 수가 없었다. 밖은 온통 빛으로 산란했다. 밖으로 나가고 싶었다. 하지만 나갈 수가 없었다.

래호는 다시 한 번 주위를 둘러보았다. 개인 병실이었다. 민하는 보이지 않았다. 간호사는 민하가 죽었다고 했다. 하지만 래호는 그 사실을 믿을 수가 없었다. 자신이 직접 시신을 확인해야 믿을 수 있을 것만 같았다. 구급차에 실려갈 때까지 그녀는 잠자코 누워 있었다. 하지만 죽은 것 같지가 않았다. 흔들면, 자꾸 흔들면 선생님, 하고 일어날 것 같았다. 하지만 민하가 보이지 않는다.

"능현리에 갔었습니다."

효찬은 조용히 중얼거렸다. 여전히 웅웅대는 소리가 들려왔지만 이제는 남자가 무슨 말을 하는지 래호는 정확하게 알아들을 수가 있었다.

하지만 남자의 말뜻을 래호는 선뜻 이해할 수가 없었다. 더욱이 남자가 능현리라는 곳을 알고 있다는 것이 신기했다. 그곳은 비밀스러운 곳이었다. 적어도 래호에게는 그랬다.

"능현리에는 왜 갔소?"

효찬은 조용하게, 하지만 조금은 메마른 목소리로 대답했다.

"지혜의 여신 아이피 조사차 갔습니다. 능현리 베아트리체 수녀원이라는 곳에서 글이 올라왔던 적이 있었습니다."

그제야 래호는 희미하게 기억이 떠올랐다. 민하 할머니 장례식 때 능현리에 내려갔던 적이 있었다. 장례 미사에 참석할 수녀원 사람들을 차로 데려오기 위해 민하와 함께 수녀원을 방문한 적이 있었다. 그곳에 들렀을 때 래호는 자신의 USB에 저장되었던 글을 인터넷에 올린 적이 있었다.

"계속 인터넷에 글을 올리실 건가요?"

효찬은 보다 단도직입적으로 물었다.

대답 대신 한숨 비슷한 소리가 래호의 입에서 흘러나왔다. 그것이 신음인지, 한숨인지 구분할 수가 없었다.

그가 아무 말을 않자 효찬이 대신 말했다.

"지금 정부에서는 선생님을 찾고 있습니다."

"그래서, 어쩌겠다는 거요?"

"계속 선생님이 글을 올리신다면 아무래도 국가는 선생님에게 침묵을 명령할 수밖에 없겠지요."

한동안 래호는 말이 없었다. 래호는 가만히 천장을 응시했다. 그러곤 이윽고 나직한 목소리로 말했다.

"오늘 사고는 당신이 조작한 거요?"

"아닙니다. 속초에 도착하자마자 사고 소식을 들었습니다. 상부에서는 지혜의 여신이 누구인가, 알아오라는 지시가 있었을 뿐입니다."

남자가 지혜의 여신, 지혜의 여신 하지만 래호는 도무지 현실감이 나지 않았다. 그 이름이 몹시 생경하게 들렸던 것이었다. 그 이름은 어디까지나 온라인상에서 어울리는 이름이었다. 그것보다는 현실적인 문제를 이야기하고 싶었다.

"누군가 브레이크에 손을 댔소."

"브레이크요?"

래호는 효찬의 얼굴에 떠오르는 미묘한 표정의 변화를 읽기 위해 그의 얼굴을 깊숙이 바라보았다. 하지만 별다른 변화를 찾아볼 수가 없었다. 남자는 약간 놀라는 표정을 지었을 뿐이었다.

"알아보겠습니다."

다시 래호는 침묵 속으로 가라앉았다. 국가가 침묵을 명령했다. 그리고 민하가 죽었다. 침묵보다도 죽음, 민하의 죽음이 퍽 비현실적이었다. 도무지 믿어지지 않는 현실이었다. 래호는 다시 한 번 가슴이 먹먹해졌다. 자신이 살아 있다는 사실이 고통스러웠다.

"저는 단지 확인을 하러 왔을 뿐입니다."

남자는 다시 한 번 말했다. 하지만 래호는 남자의 말을 믿지도, 그렇다고 안 믿지도 않았다. 이제 모든 것이 부질없게만 느껴졌던 것이다.

"브레이크는 알아보도록 하겠습니다."

효찬이 다시 한 번 말했지만 래호는 아무 대꾸도 하지 않았다.

효찬은 이제 할 이야기는 다 했다고 생각했는지 꾸벅 인사를 하고는 병실을 나갔다.

병원에서 나온 효찬은 지부에 있는 재원에게 전화를 걸어 경찰 지원협조를 요청했다. 지원 병력은 사복경찰 두 명, 장소는 속초병원, 보호대상자는 김래호.

전화를 받던 재원이 효찬에게 물었다.

"그런 지시는 없었는데요?"

"지시는 지금 내가 하잖아."

전화를 끊고 효찬은 다시 경찰서에 전화를 걸었다. 아까 낮에 만났던 박 경관에게 전화를 걸어 바다에 추락한 차에 대해 물었다.

"차는 아직 인양하지 않았습니다."

"그럼 언제 인양할 생각인가요?"

"오늘은 토요일이라 인력도 없고, 내일 할 생각입니다."

"오늘 하십시오. 지금 당장 해야 합니다. 급히 조사할 부분이 있습니다."

"그럼 그렇게 보고하겠습니다."

아직도 차를 바닷속에 처박아두다니. 효찬은 한심한 생각이 들었다. 그건 그렇고 이제는 무엇을 한단 말인가. 곰곰 생각하던 끝에 효찬은 호텔 CCTV가 생각났다. 그래서 다시 경찰서에 전화를 걸어 박 경관을 호출했다.

"지금 보고서를 작성 중입니다. 일단 지금 인양작업을 하더라도 보고서를 작성해야……."

"그건 나중에 하도록 하고 지금 나 좀 봅시다. 속초 삼해호텔로 오십시오."

효찬은 택시를 타고 먼저 호텔로 향했다. 택시를 타고 가면서 어쩐지 택시비가 많이 나와 국장에게 꾸중을 들을 것 같은 생각이 들었다.

호텔 로비에서 서성거리고 있는데 박 경관이 도착했다. 그는 여전히 무표정한 얼굴이었다. 그의 얼굴에 살짝 짜증 섞인 불만이 깃들어 있다는 것을 효찬은 눈치 챘다. 따지고 보면 하루 종일 그를 들볶았던 셈이었다. 하지만 어쩔 수 없는 일이었다.

효찬은 동행한 경찰과 함께 호텔 로비에서 지배인을 불렀다. 관리자와 대화를 하는 것이 일의 수순이 빠르다는 것을 알고 있었기 때문이다.

곧 호텔 로비로 지배인이 내려왔다. 그는 정복을 입은 경찰이 서 있는 모습을 보고는 무슨 일이 일어난 것이 아닌가 해서 긴장한 모습이었다.

"CCTV를 봤으면 합니다."

효찬이 말하자 동행한 박 경관이 자초지종을 설명했다.

지배인은 효찬과 경찰을 관리실로 안내했다. 관리실에서 효찬은

CCTV 녹화를 살폈다. 어제 저녁 주차장과 호텔 로비를 집중적으로 관찰했다.

"이 사람들은 누구입니까?"

자동차 정비복을 입은 사람이 주차장에 들어서는 것을 발견한 효찬이 지배인에게 물었다. 마침 지배인을 따라온 호텔종업원이 대신 대답을 했다.

"손님의 부탁으로 정비를 하러 온 사람들입니다."

"손님의 부탁이라뇨?"

"삼 층에 머물던 일본인 손님인데 자동차가 고장이 났다면서 수리를 의뢰했습니다."

"호텔 측에서 불렀나요?"

"아니요. 손님이 직접 부른 것으로 알고 있습니다."

효찬은 다시 CCTV를 집중적으로 살폈다.

수리공들은 일본인들이 타고 왔다던 검은색 차량을 수리하고 있었다.

"한데 이 차량이 일본 사람들이 타고 온 그 차량입니까?"

"그런 걸로 알고 있습니다."

효찬은 박 경관에게 사고차량의 색에 대해서 아느냐고 물었다.

박 경관은 모르겠다고 했다. 지금 인양 준비 중이기 때문에 알 수가 없다는 것이었다.

"목격자가 있다면서요?"

그제야 경찰은 들고 온 파일을 들춰보았다.

"아, 검은색 차량이라고 적혀 있군요."

효찬은 고개를 기우뚱했다. 검은색 차량이라고 해서 실지 일본인들이 타고 온 것인지 혹은 래호의 차인지 알 수가 없는 것이다. CCTV에 나타난 차량번호만으로는 알 수가 없었다. 하지만 의심이 가는 구석이 있었다. 대개 차량이 고장이 나면 근처 카센터로 차를 견인하든지 카센터를 방문하는 것이 상식이지 호텔 주차장으로 직원들을 부르고 또 정비공들이 주차장에서 직접 차를 수리한다는 것이 어딘지 수상했다.

"이 사람들은 지금 어디에 있습니까?"

"아침에 모두 체크아웃했습니다."

"숙박부를 볼 수 있습니까?"

"물론입니다."

호텔 종업원이 잠깐 나가더니 숙박부를 들고 왔다.

효찬은 숙박부를 들춰보았다. 그리고 숙박부에 적힌 이름과 주소를 적었다. 하지만 효찬은 숙박부에 적힌 정보를 신뢰할 수가 없었다. 만일 그들이 범인이라면 제대로 이름과 주소를 적었을 리가 없었기 때문이다.

"차 인양작업은 어떻게 되었습니까?"

"아까 나오면서 크레인과 인부를 소집했으니까 지금쯤 진행하고 있을 겁니다."

"좋습니다. 그리로 가봅시다."

효찬은 다시 한 번 차량 넘버를 조회하기 위해 CCTV를 확인해 보았다. 하지만 CCTV 상태가 좋지 않아 차량 넘버를 확인할 수가 없었다.

"지하 주차장 출입구 쪽에는 CCTV가 없습니까?"

효찬이 호텔 지배인에게 물었다. 호텔 지배인은 출입구 쪽에도 CCTV가 있다고 말했다.

효찬은 장부 기록시간과 차량이 출입구 쪽에 들어온 CCTV 기록시간을 비교하면서 자세히 CCTV를 살펴보았다.

"이 차군요."

마침내 일본인들이 탄 검은 차량을 발견한 효찬이 CCTV 화면을 짚으면서 말했다.

"그게 맞습니까?"

"보세요. 앞쪽에 검은 그림자가 둘 보이죠. 이 시간에 두 명 이상 들어온 손님은 이 사람들밖에 없습니다."

효찬은 경찰관에게 장부기록과 CCTV를 비교해 보이면서 말했다.

일본인이 탄 차량은 미끄러지듯이 지하 주차장 안으로 들어오다가 좌측으로 커브를 틀어 안쪽 깊숙이 들어갔다.

지하주차장에 설치된 CCTV와 출입구 쪽에 설치된 CCTV 간에 연계가 되지 않았지만 시간상 차량이 좌측으로 커브를 튼 다음 안쪽에 주차하는 모습을 확인할 수가 있었다.

"주차 위치가 다릅니다."

이번에는 경찰관이 말했다. 효찬은 이미 알고 있다는 듯 고개를 끄덕였다.

차량 주차 위치와 수리 차량의 위치가 달랐다. 이 말은 일본인들이 탄 차를 수리한 것이 아니라, 다른 차량 즉 래호가 주차시킨 차량을 수리했다는 말이었다.

"번호가 확인이 됩니까?"

박 경관이 차츰 사건에 흥미를 보이면서 효찬에게 재촉하듯이 말했다. 하지만 CCTV 상태가 좋지 않았다. 게다가 화면을 확대할 수도 없었다. 겨우 차량 넘버 앞부분, 서울 52XXXX 부분만 간신히 알아볼 수가 있었다.

"충분합니다."

경찰관이 자신 있다는 듯이 말했다.

"이 정도면 나머지는 충분히 확인할 수가 있습니다."

경찰관의 말인즉, 시내 도로와 고속도로 톨게이트 입구, 그리고 관공서를 비롯하여 병원 입구와 주차장 등 CCTV가 설치된 곳이 한둘이 아닌 만큼 충분히 차량을 수배할 수 있다는 것이었다.

"지금 하도록 하지요."

효찬은 경찰관을 바라보며 말했다. 박 경관은 곧 지휘본부와 연락을 하며 수배 차량에 관한 통화를 해댔다.

효찬은 잠깐 동안 왜 일본인들이 청와대 재건위 위원을 해치려 했을까 생각해 보았다. 만일 래호의 말대로 정말 일본인들이 브레이크에 손을 댔다면 예사로운 일이 아니었다.

"차량 인양은 어떻습니까?"

효찬은 생각난 듯 경찰관에게 물었다.

"지금쯤 하고 있을 겁니다. 가볼까요?"

미시마 츠요시는 여자가 서서히 죽어가는 모습을 멀리서 지켜보고 있었다. 여자는 잔인할 정도로 래호를 살리고자 안간힘을 다했다. 그 모습을 국도 한편에서 지켜보던 미시마 츠요시는 온몸에 전율이 흐르는 것을 느꼈다. 여자는 모성애가 강한 생명이다. 하지만 연인을 위해서 자신의 목숨을 스스로 내놓는 것은 흔치 않은 일이었다.

여자는 죽고 대신 래호가 살아나는 것을 지켜본 미시마 츠요시로서는 충격적인 일이었다. 래호는 구조대에 구조되어 들것에 실린 다음 구급차를 타고 사라졌다. 미시마 츠요시는 구급차가 떠나는 것을 보고 차에 올라탔다.

본의 아니게 일은 실패를 했다. 비록 완벽한 계획은 아니었지만 치밀하게 꾸민 계획이었다. 브레이크가 고장 난 차량이 인적이 드문 도로에 정차를 한다거나 외벽을 들이받아 멈추어선다면 다가가 해칠 생각이었다. 미시마 츠요시와 야쿠자들은 미리 일본도까지 준비를 해두고 있었다.

차량사고로 위장을 하여 죽이는 것이 최선의 방책이었다. 그렇게 해서도 안 된다면 일본도로 내리칠 생각까지 하고 있었다. 한데 여자 때문에 모든 일이 흐트러져 버렸다.

"아무튼 대단한 여자야."

미시마 츠요시는 온천 타령만 하는 에리카와는 달리 민하라는 여자가 보통 여자라는 것을 깨달았다.

"일단 여기를 빠져나간다."

사람이 죽는 사고가 났다. 누구보다도 피해 당사자인 래호가 사건에 대해서 의심을 품고 있을 것이다. 만일 경찰이 이 사실을 알게 된다면 자신들을 추적할지도 모른다.

미시마 츠요시가 탄 차량은 해안 국도변을 벗어나 속초 시내로 들어갔다, 하지만 속초 시내는 작았다. 어디에 차를 세워두든지, 누군가의 눈에 띌 것만 같았다. 미시마 츠요시 일행은 속초 시내 레스토랑에 들어가 점심을 먹었다. 점심을 먹고 미시마 츠요시는 한참 동안 생각을 정리했다.

"강원도를 벗어난다."

일단 서울로 돌아가야겠다고 미시마 츠요시는 결정을 내렸다. 서울로 돌아가서 다음 계획을 세워야 했다. 처음이 중요한 일이었다. 일단 일이 처음부터 꼬여버리면 다음 일을 계획하기가 수월하지가 않았다.

고속도로 톨게이트로 쪽으로 향하다가 별안간 미시마 츠요시가 말했다. 이대로 강원도를 떠난다는 것이 못내 마음이 내키지 않았던 것이다.

"차를 돌려라."

운전을 하던 사내, 오무라는 급히 차를 돌려 차선을 바꾸었다. 그러고는 도로 한가운데서 차를 돌리라고 하는 미시마 츠요시를 긴장된 눈으로 바라보았다.

"병원으로 간다."

미시마 츠요시는 구급차에 찍힌 병원 이름을 기억하고 있었다. 어쨌든, 여자의 노력에도 불구하고 남자는 죽어야 했다. 미시마 츠요시는 자신이 한국에 온 목적을 다시 한 번 상기했다. 하지만 어떤 이유에서든 경찰이 움직일 것이다. 래호가 있는 병원을 찾는다는 건 위험한 일이었다. 그렇다고 찜찜한 기분으로 서울로 돌아가고 싶지 않았다. 어떤 일이 있어도 이번 일은 성공을 해야 했다. 래호 같은인물을 한반도에 남겨둔다는 것은 커다란 해악이 될 수가 있었다. 새삼 미시마 츠요시는 자신의 임무와 각오를 다졌다.

인양작업은 쉽지가 않았다. 효찬이 박 경관과 함께 현장에 도착했을 때 인양작업은 이미 시작되고 있었다. 하지만 차가 워낙 깊숙이 가라앉아 있어서 잠수부들이 애를 먹고 있었다. 크레인 차량과 사고 차량 간의 거리가 먼 것이 가장 큰 문제였다.

다행히 차량에 쇠줄을 거는 데 성공했다. 하지만 수면 위로 떠오른 사고 차량을 크레인이 제대로 들어올리지 못했다. 승용차를 인양한다고 크기가 작은 크레인을 가져온 것이 문제였다.

크레인 운전수는 아래쪽에 있는 잠수부들에게 차량 물을 빼라고 소리쳤다. 하지만 차 안에는 이미 물 따위는 없었다.

"일단 차를 해안가 바위 위에 올려요."

효찬은 크레인 기사에게 말했다. 굳이 차를 도로변까지 끌어올릴 필요가 없었다. 여기서 언제까지 시간을 지체할 수는 없는 노릇이었다.

경찰관의 지시대로 크레인은 조심스럽게 사고 차량을 해안가의 거친 바위 쪽으로 끌고 갔다. 물의 부력 때문에 어렵지 않게 차를 바위투성이 해안까지 끌고 갈 수가 있었다.

효찬은 조심스럽게 잠수부들이 내려간 쪽으로, 절벽 아래로 내려갔다. 박 경관도 효찬을 따라 해안으로 내려왔다.

일단 해안으로 내려오자, 진작 이렇게 할 것을 하는 후회가 났다. 문제는 차량의 브레이크 상태를 확인하는 것이지 차량 인양이 아닌 것이다.

차는 생각보다 크게 파손되어 있었다. 단순히 가드레일을 받은 것이 아니라 가드레일을 받치고 있는 기둥과 충돌하는 바람에 차량 앞부분이 심하게 파손되어 있었다.

"브레이크를 보려면 어떻게 합니까?"

효찬은 사고차를 살피며 물어보았다.

"일단 차를 뒤집어봅시다."

말을 마치자마자 박 경관은 크레인 기사더러 차를 뒤집으라고 했다. 크레인 기사가 어렵지 않게 차를 뒤집었다. 일단 차를 뒤집자 효찬이 크레인 기사에게 공구를 건네받아 차량 안쪽을 살폈다. 하지만 자신이 아무리 살펴보아도 알아볼 수가 없었다. 박 경관은 다시 차를 원래대로 뒤집으라고 크레인 기사에게 소리를 질렀다. 차가 원래의 위치로 돌아오자 박 경관이 나서서 보닛을 열고 브레이크와 관련된 기기들을 살펴보았다. 그리고 마침내 박 경관이 용케 고장 부분을 찾아냈다.

"이 부분이 브레이크 오일통입니다."

겉보기에 브레이크 오일통은 멀쩡해 보였다. 하지만 박 경관이 조명을 깊숙이 갖다 대자 오일통 아래쪽에 작은, 미세한 구멍이 나 있는 것이 발견되었다.

"누군가가 브레이크 오일통에 구멍을 냈습니다. 시간이 지나 오일이 빠져나가면 브레이크가 파열됩니다."

효찬이 들여다보니 정말 눈에 띄지 않는 작은 구멍이 있었다. 이것을 용케 찾아내는 박 경관의 눈이 매섭다는 생각이 들었다.

"한데, 어젯밤에 구멍을 뚫었으면 아침에 차를 움직이지 못했을 텐데요."

"그렇지 않습니다. 껌 같은 것으로 살짝 구멍을 덮어놓으면 오일이 누출되지 않습니다. 아침에 차가 움직이면 압력으로 껌이 떨어질 테고 그다음부터 오일이 새기 시작합니다. 말하자면 차가 운행을 하면 오일이 빠져나가기 시작하는 것이죠. 보세요, 여기 아래쪽 오일이 흘러내린 자국이 있잖습니까?"

정말 박 경관 말대로 오일이 흘러내린 자국이 선명했다. 비로소 효찬은 래호가 말한 사실이 틀림없다는 확신이 들었다. 그리고 갑자기 래호의 신변이 위험하다는 것을 깨달았다.

"갑시다."

효찬은 경관과 함께 한시바삐 래호가 있는 병원으로 가봐야겠다고 생각했다. 이미 사복경찰에게 입구를 지키게 했지만 그것만으로는 안심이 되지 않았다. 직접 래호의 상태를 확인해야겠다는 생각이 들었던 것이다.

"어디로 갈까요?"

박 경관은 막상 차에 올라타자 어디로 가라는 말인지 다시 한 번 효찬에게 확인을 하며 물었다.

"속초병원으로 갑시다."

# 잠행

•

병원은 약간 비스듬한 언덕 위에 있었다. 언덕을 오르기 직전 효찬은 검은색 차량이 길가 한쪽에 주차한 것이 흘깃 눈에 띄었다. 차를 보는 순간 효찬은 재빨리 차량 넘버를 살폈다.

'서울 52XXXX'

효찬은 차를 멈출까 하다가 그대로 병원 입구로 들어갔다. 차단기 앞에서 효찬은 박 경관에게 슬쩍 말했다.

"용의 차량이 뒤에 있는 것 같습니다. 놈들이 이리로 온 것 같아요."

박 경관이 슬쩍 백미러로 멀찌감치 세워져 있는 검은색 그랜저를 바라보았다. 박 경관은 차량 번호가 보이지 않는다고 말했다.

"일단 안으로 들어갑시다."

차가 병원 입구로 들어가자마자 효찬은 가슴에 차고 있던 권총집에서 권총을 꺼냈다. 권총을 쥐고는 조심스럽게 안전장치를 풀었다. 철컥, 하고 안전장치가 풀리는 소리에 박 경관이 긴장한 듯 효찬을 바라보았다.

"총 있습니까?"

"안 갖고 나왔습니다."

"경찰이 총도 안 갖고 다닙니까?"

효찬은 나무라듯 박 경관을 보고 말했다. 그리고 효찬은 백미러를 통해 멀찌감치 떨어져 있는 차량을 다시 한 번 확인을 했다.

"그놈들이 맞아요."

효찬은 확신한다는 듯 말했다. 하지만 차량 안쪽은 짙게 선팅이 되어 있고 햇빛의 반사광 때문에 사람이 타고 있는지 확인을 할 수가 없었다.

"어떻게 할까요?"

박 경관이 불안한 듯 말했다.

"지원을 요청할까요?"

"그럴 시간이 없습니다. 만일 차 안에 지금 놈들이 있다면 우리를 지켜보고 있을 겁니다."

적막한 시간이 흘렀다. 지금 효찬이 타고 있는 차가 경찰차라는 것이 아쉬울 뿐이었다. 만일 그자들이 차에 타고 있다면 틀림없이 경찰차를 주시하고 있을 것이다. 일단 자연스럽게 행동해야 했다.

그렇다고 지금 차에서 내릴 수는 없었다. 차에서 내리는 순간 일본인들이 타고 있을지도 모를 차가 움직인다면 놓칠 수가 있기 때문이었다.

그 사이 박 경관은 래호가 입원해 있는 병실 입구에 배치된 경찰들이 제대로 병실을 지키고 있는지 확인을 했다.

"입원환자는 이상 없다고 합니다."

효찬은 고개를 끄덕거렸다. 긴장된 적막 가운데 마치 초시계가 느릿느릿 움직이는 것이 보이는 것처럼 시간이 흘러갔다. 언제까지 이렇게 막연하게 기다리고 있을 수만은 없는 노릇이었다. 효찬은 긴장을 늦추지 않고 뒤의 차량과 주위를 살피는 데 여념이 없었다. 그때였다. 병원 로비 쪽에서 검은 양복을 입은 남자가 나타났다. 그는 흘끔 주변을 살피는 듯하다가 천천히 정체불명의 그랜저 차량 쪽으로 걸어갔다. 효찬은 그 남자가 일행일 거라고 확신했다. 박 경관도 침을 꿀꺽 삼키고는 남자를 바라보았다. 남자는 효찬이 타고 있는 차를 곁눈질로 바라보고는 천천히 검은색 그랜저 쪽으로 다가갔다.

"차를 돌려요."

효찬은 두 남자가 지금 차에 타고 있고 나머지 한 명이 병원에서 볼일을 마치고 합류 중이라는 것을 확신했다.

박 경관은 효찬의 말대로 차를 돌렸다. 차를 돌렸을 때쯤 이미 남자는 검은색 그랜저에 올라탄 뒤였다. 남자가 올라타자마자 그랜저는 방향을 틀어 큰 도로 쪽으로 빠져나가기 시작했다.

정체불명의 차량은 빠른 속도로 달리기 시작했다. 박 경관이 사이렌을 울렸지만 무시하고 달렸다.

"그래봐야 부처님 손바닥이지."

박 경관은 상황실 본부에 연락해서 긴급 지원을 요청했다. 그리고 용의 차량의 예상 주행방향을 알렸다.

미시마 츠요시는 백미러를 통해 자신을 쫓는 경찰차를 흘끔 바라보았다. 이대로 그냥 해안 국도로 달렸다가는 잡힐 것이 분명했다. 하지만 차는 이미 시내를 벗어나 국도로 접어들고 있었다. 불행히도 미시마 츠요시는 강원도 도로망에 대한 정보가 부족했다. 그동안 꾸준히 래호의 행동반경에 대해 조사를 벌이고 정보를 수집했지만 래호의 고향 능현리도 아니고 느닷없이 속초로 내려올지는 예상치 못했다. 계획은 그때부터 이미 헝클어지기 시작했는지 몰랐다. 래호는 살아 있었다. 부상을 입었지만 생명에 지장을 줄 정도는 아니었다. 한데, 경찰이 따라붙었다. 우려했던 일이 정확하게 맞아떨어졌다.

"이대로 가다가는 잡힌다. 국도를 벗어나라."

일단 국도를 벗어나야 했다. 상대는 경찰차였다. 국도 앞쪽 어딘가에 바리케이드를 쳤을 것이고 경찰 지원 병력이 진을 치고 있을 것이다.

"어디로 갈까요?"

운전하던 오무라는 흘끔 실내등으로 미시마 츠요시를 바라보면서 말했다. 그의 목소리가 가라앉아 있었다. 그렇다고 겁에 질린 것 같지는 않았다. 다행히 이들에게는 두려움 없는 일본 무사의 피가 흐르고 있었다. 미시마 츠요시는 아마 그럴 거라고 생각했다.

어디로 갈까. 하지만 미시마 츠요시도 오무라의 물음에 답을 줄 수가 없었다. 국도를 벗어나야 한다는 것을 알고 있었지만 어디로 가야 할지는 자신조차 알 수가 없는 노릇이었다.

미시마 츠요시가 아무 말이 없자 남자는 국도에서 갈라지는 샛길로 차를 몰고 들어갔다. 길은 외길이었다. 더 이상 후진을 할 수도 밭으로 뛰어들 수도 없는, 산발치를 향해 곧장 뻗은 외길이었다. 길 끝은 거대한 산맥이 병풍처럼 둘러쳐져 있었다. 산맥은 높고 험준했다. 산 전체를 푸른 이끼처럼 뒤덮인 나무 사이로 희끗희끗 바위산이 보였다. 이대로 달리다간 그대로 산에 막히고 말 것이다.

차는 산발치 언덕 위로 올라갔다. 언덕과 언덕 주위는 채석장이었다. 이미 오래전에 가동이 멈춘 듯 채석장에는 인적의 흔적도 없었다. 네모반듯하게 자른 거대한 화강암이 기우뚱 자리했고 사무실로 사용한 것처럼 보이는 컨테이너가 두세 개 보였다. 녹슬고 앞 유리가 달아난 소형트럭과 이름을 알 수 없는 건설 장비가 여기저기 흩어져 있었다.

들어오는 입구를 제외하고 채석장은 반원형 절벽 아래 놓여 있었다. 케이크 한쪽을 숟가락으로 뜬 것처럼 채석작업으로 산을 깎아 움푹 패어 있었던 것이다. 깎인 절벽의 단면에서는 화강암이 마치 강철처럼 날카로운 금속성 빛을 번쩍거렸다.

미시마 츠요시와 일행은 미끄러지듯이 채석장 안으로 들어갔다. 차가 멈추고 차에서 내린 미시마 츠요시가 네모반듯하게 잘라놓은 거대한 화강암 위로 올라갔다. 곧이어 오무라라는 남자가 그 뒤를 따라 화강암 위로 올라갔다.

추격은 멈추었다. 추격 차량은 백여 미터 떨어진 곳에 멈추어 서서 이쪽 동정을 살피고 있었다. 차에서 내린 두 남자가 이곳을 바라보고 있었는데 한 남자가 여유롭게 담배를 피워댔다.

"빠져나갈 곳이 없습니다."

주위를 살피고 돌아온 남자, 이지마가 말했다. 채석 작업으로 만들어진 절벽이 이십여 미터가량 되었다. 날개가 솟아나지 않는 이상 이곳을 빠져나가는 것은 불가능했다.

"무장을 해라."

미시마 츠요시는 두 남자에게 말했다. 미시마 츠요시의 말이 떨어지자 이지마는 차로 달려가 차 트렁크에서 세 자루의 칼을 가져왔다. 한국에 입국하자마자 건네받은 일본도였다. 총은 없었다. 하지만 추격하는 경찰은 이쪽이 총이 있을지도 모른다고 생각하는 것 같았다.

곧 경찰차 몇 대가 더 왔다. 그들 역시 멀찌감치 떨어진 채 이쪽을 주시하고 있었다. 어떻게 할까 서로 상황을 주시하면서 의논을 하는 것 같았다.

빠져나갈 데도 없는 곳으로 스스로 찾아 들어왔다는 것이 아이러니했다. 도망을 간 것이 아니라 스스로 함정에 빠져든 꼴이었다. 어떻게 할 것인가. 미시마 츠요시는 냉철하게 현재 놓인 상황을 분석했다. 그리고 자신이 해야 할 최선의 방법이 무엇인지 생각했다. 선택의 여지는 별로 없었다. 체포되든가 스스로 입막음을 해야 했다. 체포가 된다는 것은 상상할 수 없을 만큼 수치스런 일이었다. 미시마 츠요시는 천천히 윗저고리를 벗었다. 두 야쿠자는 미시마 츠요시가 무엇을 하는지 영문을 모르고 그저 지켜볼 따름이었다. 마침내 셔츠까지 벗어버리자 운동으로 다져진 미시마 츠요시의 단단한 구릿빛 상체가 드러났다.

미시마 츠요시는 오무라가 건네준 일본도를 뽑아들었다. 칼은 햇빛에 번득이며 날카로운 이빨을 드러냈다. 피에 굶주린 이리의 흰 이빨을 보는 듯했다. 미시마 츠요시는 생살을 파고드는 늑대의 푸른 이빨을 상상했다.

"나는 여기까지다."

히타치 도시바 종합상사 회장 그리고 이노우에 가오루와 재무성 차관이 노란토끼 선발대로 정보원도 아닌, 자신을 왜 한반도에 보냈는지 비로소 깨달아졌다. 두 명의 야쿠자는 영문도 모르고 미시마 츠요시를 따라왔다. 스스로 자신만 입막음한다면 저들이 노란토끼의 정체를 알 수가 없었다.

이지마와 오무라. 두 남자는 비록 야쿠자이지만 충성스런 사내였다. 그리고 절대 명령에 복종하는 남자들이었다. 하지만 미시마 츠요시의 마지막 명령에는 주저주저하고 있었다.

"칼을 뽑아라."

이지마가 자신의 일본도를 뽑았다. 미시마 츠요시는 장검을 앞에 두고 일본 쪽을 향해 큰 절을 했다. 그는 마지막으로 천황에게 예를 올렸다. 그것은 마치 38년 전 자신의 아버지 미시마 유키오가 쿠데타가 실패한 후 할복을 하기 직전 치르던 의식과 똑같았다.

미시마 츠요시는 당시 아버지의 마음을 누구보다도 궁금해했었다. 애국이란 것이 자신의 생명을 바칠 만큼 가치 있는 일인가. 도대체 아버지는 일본을 위해서 왜 자신의 모든 것을 바쳐야 했는가. 도무지 현실감 있게 다가오지 않는 문제였다. 그 문제에 대한 질문과 대답. 대답은 이제 스스로 깨닫는 방법밖에 없었다.

그렇다면 지금 나의 죽음은 무엇을 의미하는가. 미시마 츠요시는 자신의 죽음과 아버지의 죽음 사이에 놓인 연관성을 찾아보려 애썼다. 그리고 깅가쿠지의 아버지 위패 옆에 놓일 자신의 위패를 상상했다. 아버지는 일본인의 각성을 외치며 죽음을 택했고 자신의 죽음 또한 그렇게 비춰지길 바랐다. 적어도 누군가는 그렇게 생각할 것이다. 그래서 미시마 츠요시는 과감하게 죽음을 택했다고 스스로 생각했다. 자신은 닌자로서가 아니라 아버지와 마찬가지로 일본인의 각성을 위하여 깨끗하게 죽는다고 생각했던 것이다.

예를 마친 미시마 츠요시는 무릎을 꿇고 앉았다. 그리고 옷으로 일본도 중간 부분을 감싼 채 움켜쥐었다. 미시마가 준비를 마치자 오무라가 다소 긴장된 표정으로 미시마 츠요시의 뒤에 섰다. 그리고 그는 긴 칼을 야구선수처럼 번쩍 치켜들었다. TV에서 보던 퍽 익숙한 모습이었다. 목을 치는 것은 할복하는 무사에 대한 고대부터 내려오는 예의였다.

칼은 가능한 한 깊숙이 찔러 넣어야 했다. 그리고 힘껏 배를 갈라야 했다. 그 정도에 따라서 그가 얼마나 용감하게 죽었는가를 후대는 평가를 하기 때문이다.

미시마 츠요시는 움켜쥔 칼을 번쩍 치켜든 다음 자신의 옆구리에 깊숙이 찔러 넣었다. 예리한 칼이 미시마 츠요시의 몸속으로 깊숙이 들어왔다. 순간 온몸이 전기에 감전된 듯이 충격을 받았다. 그리고 그의 눈앞에 에리카의 얼굴이 떠올랐다. 그는 아리따운 얼굴을 지울 듯 힘차게 칼을 그었다.

남양주 모란 공원의 쓸쓸한 납골당 위로, 적막한 햇빛과 정처 없는 바람, 그리고 어느덧 사라져버린 헤아릴 수 없는 많은 영혼들이 침묵 속에 잠겨 있었다. 가끔, 살아 있는 사람들이 납골당 복도 사이로, 사자들 사이로 꾸물꾸물 오가며 시들어가는 꽃다발을 죽은 자에게 바치는 것이었다.

납골당 안 홍민하의 영전 앞에 두 사내가 서 있었다. 래호와 효찬이었다. 래호는 침울한 표정으로 밝게 웃고 있는 민하의 사진을 바라보았다. 민하는 여전히 밝게 웃고 있었다. 하지만 래호의 눈에는 어딘지 슬퍼 보이기만 하는 얼굴이었다.

효찬은 아무 말이 없었다. 효찬은 래호가 제대로 민하를 바라볼 수 있도록 몇 걸음 떨어져 복도로 나왔다. 그리고 그는 내친김에 현관 입구로 가서 자판기에서 종이커피를 한잔 뽑아들었다. 납골당

장례식장 마당에 내려가 커피를 마시면서 담배를 피웠다. 담배 연기가 향불 연기처럼 사르르 오르다가 일순 바람에 흐트러졌다.

담배를 피우고도 한참 있다가 래호가 나타났다. 래호의 눈시울은 붉게 물들어 있었다.

"그만 가세."

효찬은 래호를 차에 태우고 도로를 달리기 시작했다.

차창에 바람이 쉬익, 부딪쳤다. 여전히 차가운 바람이었다.

효찬은 흘끔 실내등으로 래호를 바라보았다. 래호는 깊은 생각에 잠긴 듯 차창 밖에 시선을 고정시키고 아무 말이 없었다.

"지금 떠나시면 오랫동안 뵙지 못하겠네요."

"그렇겠지."

차는 인천 국제공항을 향하고 있었다. 래호는 스웨덴으로 갈 생각이었다. 당분간은 고국에 돌아올 수가 없었다.

"자넨 괜찮겠나?"

효찬은 부장에게 래호에 대해서 함구했다. 실상 래호가 지혜의 여신이라 해도 부장에게 보고할 증거가 없었다. 유일한 증거는 래호의 고백뿐이었다. 하지만 효찬은 끝내 래호의 정체를 밝힐 수가 없었다. 그가 래호의 정체를 함구한 가장 큰 이유는 미시마 츠요시의 처참한 주검을 접하고부터였다. 정체 모를 일본인이 래호의 목숨을 노리다가 발각이 되자 스스로 목숨을 끊었다. 이 사실은 효찬에게 충격적인 일이었다. 무엇인가 래호를 보호하지 않으면 안 된다는 사명감 같은 것이 들었던 것이다.

"괜찮습니다. 나머지는 제가 알아서 하겠습니다."

하고 효찬은 호탕하게 웃어젖혔다.

추운 날씨였다. 차는 계절의 빙하기를 뚫고, 효찬의 웃음소리를 뒤로하고 쭉 뻗은 대로를 향해 거침없이 질주를 하고 있었다. (끝)

# 미네르바

지은이 | 명운화
펴낸곳 | 북포스
펴낸이 | 방현철

1판 1쇄 찍은날 | 2009년 02월 11일
1판 1쇄 펴낸날 | 2009년 02월 17일

출판등록 | 2004년 02월 03일 제313-00026호
주소 | 서울시 마포구 합정동 414-18 402호
전화 | (02)337-9888
팩스 | (02)337-6665
전자우편 | bhcbang@hanmail.net

ISBN 978-89-91120-27-3 03810

값 9,800원